U0479763

桥

废名 著

泰山出版社 ·济南·

图书在版编目（CIP）数据

桥 / 废名著. -- 济南：泰山出版社，2024.9.
（中国近现代名家中长篇小说精选）. -- ISBN 978-7
-5519-0871-9
Ⅰ．Ⅰ246.5
中国国家版本馆CIP数据核字第202498P7T6号

QIAO

桥

责任编辑　王艳艳
装帧设计　路渊源

出版发行　泰山出版社
　　　　　　社　　址　济南市泺源大街2号　邮编　250014
　　　　　　电　　话　综　合　部（0531）82023579　82022566
　　　　　　　　　　　出版业务部（0531）82025510　82020455
　　　　　　网　　址　www.tscbs.com
　　　　　　电子信箱　tscbs@sohu.com
印　　刷　山东通达印刷有限公司
成品尺寸　165 mm×240 mm　16开
印　　张　15.75
字　　数　265千字
版　　次　2024年9月第1版
印　　次　2024年9月第1次印刷
标准书号　ISBN 978-7-5519-0871-9
定　　价　39.00元

凡 例

一、本书收录了作者的经典中长篇小说，主要展现了作者的思想情感、审美旨趣与价值观念，以及当时的时代风貌等。

二、将作品改为简体横排，以符合现代阅读习惯。原文存在标点不明、段落不分等不便于阅读之处，编者酌情予以调整。

三、作品尽量依照原作，保持原作风格及其时代韵味，同时根据需要，对原文进行了适当的删减和订正。

四、对有些当时惯用的文字，如"的""地""得""作""做""哪""那""化钱""记帐"等，仍多遵照旧用。

序

　　我开始写这部小说是在十四年十一月，至去年三月本卷最后一章脱稿，这期间虽然还作了一些别的文章，而大部分的时光是写我的这个《桥》。上下两篇共四十三章刊成此卷，大概占全部的一半，屡次三番自己策励自己两卷一气写完，终于还是有待来日。本卷上篇在原来的计划还有三分之一没有写，因为我写到《碑》就跳过去写下篇了，以为留下那一部分将来再补写，现在则似乎就补不成。以前我还常常不免有点性急，我的陈年的账总不能了结，我总是给我昨日的功课系住了，有一天我却一旦忽然贯通之，我感谢我的光阴是这样的过去了，从此我仿佛认识一个"创造"。真的，我的《桥》它教了我学会作文，懂得道理。

　　这一卷里面有一章题作《塔》，当初也想就以"塔"做全书的名字，后来听说别人有书曰《塔》，于是乃定名曰《桥》，我也喜欢《塔》这个名字，不只一回，我总想把我的桥岸立一座塔，自己好好的在上面刻几个字，到了今日仿佛老眼有点昏花似的，那些字迹已经模糊，也一点没有意思去追认它了。至于桥的下半，兴趣还是始终未减，几时再来动笔写下去。

二十年四月二十日，废名

目　录

上　卷

上　篇

第一回　/ 001

金银花　/ 003

史家庄　/ 006

井　/ 008

落　日　/ 012

洲　/ 015

猫　/ 019

万寿宫　/ 022

闹　学　/ 026

芭　茅　/ 030

狮子的影子　/ 035

"送　牛"　/ 044

"松树脚下"　/ 050

习　字　/ 056

花　/ 062

"送路灯"　/ 068

瞳　人　/ 074

碑　/ 079

下　篇

"第一的哭处"　/ 089

"且听下回分解"　/ 093

灯　/ 096

日　记　/ 100

棕　榈　/ 102

沙　滩　/ 105

杨　柳　/ 109

黄　昏　/ 113

灯　笼　/ 116

清　明　/ 119

路　上　/ 123

茶　铺　/ 127

花红山　/ 131

箫　/ 135

诗　/ 137

天　井　/ 140

今天下雨　/ 143

桥　/ 147

八丈亭　/ 151

枫　树　/ 153

梨花白　/ 158

树　/ 161

塔　/ 165

故　事　/ 169

桃　林　/ 172

下　卷

水　上 / 178

钥　匙 / 184

窗 / 191

荷　叶 / 197

无　题 / 204

行　路 / 208

萤　火 / 217

牵牛花 / 226

蚌　壳 / 235

上　卷

上　篇

第一回

　　我在展开我的故事之前，总很喜欢的想起了别的一个小故事。这故事，出自远方的一个海国。一个乡村，深夜失火，一个十二岁的小孩，睡梦中被他的母亲喊醒，叫他跟着使女一路到他的叔父家躲避去，并且叮咛使女立刻又要让他好好的睡，否则明天他会不舒服的。使女牵着孩子走，小孩的母亲又从后面追来了，另外一个小姑娘也要跟他们去。

　　这个小姑娘，她的父亲只有她这一个孩子，他正在奔忙救火，要从窗户当中搬出他的家具。

　　于是他们三人走到了要到的所在。这个地方正好望得见火，他们就靠近窗户往那里望，这真是他们永远忘记不了的一个景致，远远的海同山都映照出来了，要不是天上的星简直天已经亮了哩。

　　这个男孩子，与其说他不安，倒不如说他乐得有这一遭，简直喜欢得出奇。但是，那个小姑娘，她的心痛楚了，她有一个doll，她不知道她把它放在哪一个角落里，倘若火烧进了她的家，她的doll将怎么样呢？有谁救它没有呢？

　　小姑娘开始哭了，孩子他也不能再睡了，她的哭使得他不安。

　　大家都去睡了。孩子他爬起来，对他的小邻家说道：

　　"我去拿你的doll。"

　　他轻轻的走，这时火已经快要灭了，一会儿他走到小姑娘的门口，伸手向小姑娘的爸爸道：

桥

"亚斯巴斯的doll！"

亚斯巴斯的父亲正在那里搬东西，吃惊不小，荷包里掏出亚斯巴斯的doll给了他，而且叫他赶快的走了。

这个故事算是完了。那位著者，最后这么的赞叹一句：这两个孩子，现在在这个村里是一对佳偶了。我的故事，有趣得很，与这有差不多的地方，开始的掐花。

金银花

小林放午学回来，见了饭还没有熟，跑到"城外"去玩。这是东城外，离家只拐一两个弯就到了，小林的口里叫城外。他平常不在家，在"祠堂"，他们的学馆，不在祠堂那多半是在城外了。

初夏天气，日光之下现得额上一颗颗的汗珠，这招引一般洗衣的妇人，就算不认识他也要眼巴巴的望着他笑。

这时洗衣的渐渐都回去了。小林在那河边站了一会，忽然他在桥上了，一两声捣衣的声响轻轻的送他到对岸坝上树林里去了。

坝上也很少行人，吱唔吱唔的蝉的声音，正同树叶子一样，那么密，把这小小一个人儿藏起来了。他一步一探的走，仿佛倾听什么，不，没有听，是往树上看。

这样他也不知道他走了多远。

前面一匹黑狗，——小林止步了。他哪里会怕狗？然而实在有点怕，回了一回头，——你看，俨然是走进了一条深巷子！他一个人！

其实他已经快要穿过了这树林，他的心立刻随着眼睛放开去了——

一边也是河，河却不紧挨着坝，中间隔了一片草地，一边是满坂的庄稼。

草地上有一位"奶奶"带着一个小姑娘坐在那里放牛。

她们望着小林哩，还低声的讲些什么。小林看牛，好一匹黄牛，它的背上集着一只八哥儿，翻着翅膀跳。但他不敢下去，截然的一转身："回去。"回头走不过十步——

"呀！"

抬起头来稀罕一声了。

一棵树，不同那密林相连，独立，就在道旁，满树缠的是金银花。他真不知怎样的高兴，他最喜欢金银花。

树是高高的，但好像一个拐棍，近地的部分盘错着，他爬得上去。他爬，一直到伸手恰够那花藤，而藤子，只要捉住了，牵拢来一大串。一面牵藤子，一面又抹汗。

树上的花不形得少了，依然黄的，白的，绿叶之中，古干之周，小林的手上却多得不可奈何，沿着颈圈儿挂。忽然他动也不动的坐住——

树脚下是那放牛的小姑娘。

暂时间两双黑眼睛猫一般的相对。

下得树来，理出一串花，伸到小姑娘面前——

"给你。"

"琴儿，谢谢。"

那位奶奶也走上坝来了。

"哥儿，——你姓程是不是？今年——十二岁了罢？吃过饭没有呢？"

"我还没有吃饭，放学回来我出来玩。"

"那么到我们家里去吃饭好不好呢？"

"你家在哪里呢？"

"那坂里就是，——哈哈。"

小林的手已经给这位奶奶握住了。他本是那样大方，无论什么生人马上可以成为熟友。金银花绕得他很好看，他简直忘记了。

琴儿一手也牵祖母，那手是小林给她的花，两人惊讶而偷偷的相觑。奶奶俯视着笑，朦胧的眼里似乎又有泪⋯⋯

这是两个孤儿，而琴儿，母亲也没有了。

"同你的父亲一般模样，你那父亲，当年总是⋯⋯"

听得见的却是：

"哥儿，你叫什么呢？"

"我叫程小林。"

"那么，琴儿，叫小林哥哥，小林哥哥比你大两岁。小林哥哥，你叫琴子妹妹罢。"

"琴子妹妹。"

小林就这么叫。立刻他又回转头去把草地上的牛望一下——

"你的牛没有人看哩。"

"不要紧的。"

琴子妹妹说。

这样他们下坂走进那绿油油的一片稻田上一簇瓦屋。

史家庄

　　小林每逢到一个生地方，他的精神，同他的眼睛一样，新鲜得现射一种光芒。无论这是一间茅棚，好比下乡"做清明"，走进茶铺休歇，他也不住的搜寻，一条板凳，一根烟管，甚至牛矢黏搭的土墙，都给他神秘的欢喜。现在这一座村庄，几十步之外，望见白垛青墙，三面是大树包围，树叶子那么一层一层的绿，疑心有无限的故事藏在里面，露出来的高枝，更如对了鹞鹰的脚爪，阴森得攫人。瓦，墨一般的黑，仰对碧蓝深空。

　　没有提防，稻田下去是一片芋田！好白的水光。团团的小叶也真有趣。芋头，小林吃过，芋头的叶子长大了他也看见过，而这，好像许许多多的孩子赤脚站在水里。

　　迎面来了一个黑皮汉子，跟着的正是坝上遇见的那匹黑狗。汉子笑闭了眼睛，嘴巴却张得那么大。先开言的是牵他的奶奶：

　　"三哑叔，我们家来了新客。"

　　"哈哈哈，新客，这么一个好新客。"

　　"街上的小林哥儿。"

　　"小林哥儿？——金银花，跑到我们坝上来掐花？"

　　"我自己上树掐的。"

　　"琴儿也是哥儿给的。"

　　"哈哈哈。"

　　那狗也表示它的欢迎，尾巴只管摇。小林指着芋田问：

　　"这是吃的芋头吗？"

　　"是的，吃的芋头，都是我栽的，——认得我三哑叔吗？"

三哑叔蹲下去对了他的眼睛看，又站起来，嘴巴还是张得那么大，奶奶嘱耳他几句话，他走了。走了他回头望，忽然一声喊，比一个手势——

"奶奶，我在河里摸了这么长一条鲫鱼哩。"

"那好极了，款待哥儿。"

这时小林站住，呆呆的望着这位奶奶。

奶奶也立刻站住，但她不能知道小林心上这陡起的念头——

"奶奶，我的妈妈要寻我吃饭。"

到了小林说出口，奶奶笑哈哈的解释他听了，刚才三哑是去牵牛，已经嘱咐了他，叫他先进城去，到东门火神庙那块打听姓程的，见了那家主母，说小林哥儿被史家庄的奶奶留住，晚上就打发人送回的。这原不是唐突的事，素来是相识，妇人家没有来往罢了。

奶奶的笑里又有泪哩，又牵着两个孩子走。

绕一道石铺的路，跨上台阶，便是史家奶奶的大门。

井

  小林家所在的地方叫做"后街"。后街者,以别于市肆,在这里都是"住家人",其不同乎乡村,只不过没有种田。有种园的。

  从他家出来,绕一两户人家,是一块坦。就在这坦的一隅,一口井。小林放学回来,他的姐姐正往井沿洗菜,他连忙跑近去,取水在他是怎样欢喜的事!替姐姐拉绳子。深深的,圆圆的水面,映出姊弟两个,连姐姐的头发也看得清楚。姐姐暂时真在看,而他把吊桶使劲一撞——影子随着水摇个不住了。

  姐姐提了水蹲在一旁洗菜,小林又抱着井石朝井底尽尽的望,一面还故意讲话,逗引回声。姐姐道:

  "小林,我说问你——"

  "问我什么?"

  他掉转头了。

  "你把我的扇子画得像什么样子!我又没有叫你画。"

  "画得不像吗?"

  "像——像一堆石头!"

  "我是画石头哩。真的,我是画石头。"

  说着窘。姐姐笑了。

  "人家都说我的父亲会画画,我看父亲画的都是石头,我也画石头。"

  "你的石头是这地下的石头,不是画上的石头。"

  "那么——它会把你的扇子压破!"

  笑着跑了。姐姐菜已经洗完了,他提了菜篮。

母亲忖着他快要回来,在院子里候他,见了他,却道:

"怎么今天放学放得早?"

"我怕是饭没有熟罢——放得早!"

姐姐也已经进来了。

"拿来妈妈看,姐姐说我的石头是地下的石头!——石头不是地下的那还有天上的?"

"什么石头,这么争?"

"就是那扇子,他说他是学父亲画石头。"

"画石头?这些画我都藏起来了,你怎么也翻见了?——不要学这,画别的好画。"

"先生告诉我,我的父亲为得画石头,跑到山上,跑到水边,有时半夜也出去,看月亮底下的石头。"

"是的,先生是告诉你要那么用功读书。"

母亲说着给钱他叫他去买馒头吃。他一口气跑到城外去了。

一个庄稼汉进门,自称史家庄的长工,不消说,是意外的事。

史家庄离城有三里之远。

"淘气东西,跑那么远,那是你父亲——"

正在吃饭,姐姐不觉停了筷子,端首对母亲——母亲知道的多了。

"你父亲的一个朋友,也多年亡故了,家里一位奶奶还在。"

附:

无题之十二[①]

这回越发回转头去了,从原稿卷一第三章抄一点,讲的是"程

[①] 本书中所附的文章为废名先生最初发表在《语丝》杂志上的稿件,均以"无题……"命名,后来刊载在其他杂志或结集出版时有所修改。

小林之水壶"那个小林。

小林家所在的地方叫做"后街"。后街者,以别于市肆,在这里都是"住家人",其不同乎乡村,只不过没有种田。

从他家出来,绕一两个人家,是一块坦。就在这坦的一隅,一口井。小林放学回来,他的姐姐正往井沿洗菜,他连忙跑近去,要姐姐给吊桶他,——取水在他是怎样欢喜的事!然而还得姐姐一路来拉绳子。深深的圆圆的水面,映出姊弟两个,连姐姐的头发也看得清楚。姐姐暂时真在看——

小林把吊桶一撞,影子随着水摇个不住了。

姐姐提了水蹲在一旁,小林又抱着井石朝井底尽尽的望,一面还故意讲话,逗引回声。姐姐道:

"小林,我说问你——"

他掉转头了——

"问我什么?"

"你把我的扇子画得像什么样子!我又没有叫你画。"

"哈——画得不像吗?"

"像——像一堆石头!"

"我是画石头哩,——真的我是画石头。"

说着很窘。姐姐笑了。

"人家都说我的父亲会画画,我看父亲画的都是石头,我也画石头。"

"你的石头是这地上的石头,不是画上的石头。"

"那么——它会把你的扇子压破!"

笑着跑了,替姐姐提了菜篮。

母亲忖着他快要回来,在院子里候他,见了他,却道:

"怎么今天放学放得早?"

"你的饭没有熟就说我放学放得早!"

姐姐也已经进来了。

"拿来妈妈看,——姐姐说我的石头是地上的石头!——石头不是地上的那还有天上的?"

"什么石头?这么争得起劲。"

"就是那扇子,他说他是学父亲画石头。"

"画石头?这些画我都卷起来了,藏在箱子里,你怎么也翻见了?——不要学这,画别的好画。"

"他想是看见石头容易画,又用不着颜料,拿墨乱涂就是。"

"容易——那才不容易!先生告诉我,父亲为得画石头,跑到山上,跑到水边,有时半夜也出去,看月亮底下的石头。"

"是的,——先生是告诉你要那么用功读书。"

母亲说着从荷包里掏出两枚铜子叫他去买包子吃。

…………

落　日

　　太阳快要落山，小林动身回家。
　　说声走，三哑拿进了小小的一根竹子，绿枝上插了许多红花。
　　"哥儿，你说奇不奇，竹子开花。"
　　"不是开的，我知道，是把野花插上去的。"
　　但他已经从三哑的手上接去了。
　　"是我们庄上一个泼皮做的，我要他送哥儿。"
　　"替我谢谢。"
　　笑着对三哑鞠了一个躬。
　　至于他自己掐的金银花，放在一个盘子里养着，大家似乎都忘记了。
　　"三哑叔，你送哥儿过桥才好哩。"史家奶奶说。
　　"那个自然，奶奶。"
　　大家一齐送出门，好些个孩子跑拢来看，从坂里朝门口走是一个放牛的，骑在牛上。
　　骑牛在他又是怎样好玩的事，望着三哑叔他也要骑牛了。
　　"我把你的牛骑了走好吗？"
　　"那好极了，有我不怕的。"
　　牛就在那阶下稻草堆旁，三哑牵来，他就骑。
　　孩子们喝采，三哑牵牛绳，牛一脚一脚的踏，空中摇曳着竹枝花。
　　渐渐的走进了稻田，门口望得见的，三哑的蓬发，牛尾巴不时扫过禾，小林则蚕子一般高出一切。

他们两人是在讲话。

"哥儿,我还没有听见你叫我哩,我自己叫自己,'三哑叔'!"

"三哑叔。"

"哈哈哈。王家湾,老儿铺,前后左右都晓得我三哑叔,三哑叔就是史家庄,史家庄就是三哑叔,——三哑叔也有他的老家哩,三哑叔!"

三哑叔忽然对谁发气似的。

"你不是奶奶自家屋的人吗?"

"不是,不是,我也不叫三哑,我是叫老三。"

"是的,这个名字不好,三哑叔——"

"哈哈哈,叫罢,就是三哑叔。三哑叔是个讨米的哩,哥儿,正是哥儿这么大,讨米讨到奶奶门口,讨米的有什么话讲?看见我只晓得吃饭,不说话,就说我是哑巴!"

小林竖着耳朵听,三哑叔这样的好人也讨饭!立刻记起了他家隔壁"村庙"里也有一个叫化子,回去要同姐姐商量瞒着母亲偷饭那叫化子吃。

他家隔壁确乎是一个村庙,这是可以做这个故事的考证材料的。

"哥儿——你看你这眼睛是多么玲珑!你怕我吗?哈哈哈,不要怕,三哑叔现在不是讨米的,是一个忠心的长工,除非我家奶奶百岁升天,三哑叔是不离开史家庄的。"

小林又有点奇怪,讨米的怎么又变到长工,他急于想问一问底细,舌头在那里动,觉得这是不好开口的。总之三哑叔是再好没有的一个人。

"三哑叔,今天你就在我家过夜好不好呢?我上街买好东西你吃。你喝酒不呢?"

"哈哈哈,我的哥儿,不,不,我送你过桥我就回来。"

一大会儿没有言语,牛蹄子一下一下的踏得响。

要上坝了,三哑叫他下来,上坝不好骑。

桥

下得牛来,他一跑跑到坝上去了,平素习见得几乎没有看见的城圈儿,展在眼前异样的新鲜。树林满被金光,不比来时像是垂着耳朵打瞌睡,蝉也更叫得热闹,疑心那叫的就是树叶子。一轮落日,挂在城头,祠堂,庙,南门,北门,最高的典当铺的凉亭,——看得清楚。

"这牲口,我一吼它就不走了,我把它拴在树上。哥儿,它跟我有十几年哩,奶奶留我放牛,二十五年共是三条。"

小林望着三哑。

"你先前到我家你怎么会找得到呢?那有绿鼎的是火神庙,庙后边那房子就是的,——三哑叔,我说你还是一路到我家去。"

三哑笑着摆头。

"你不去你就牵牛回去,我会过桥的,我总是一个人过桥玩。"

"那么你走,我看你过去就是了。"

小林一手捏竹枝,石桥上慢慢的过去,过去了,回身,三哑还站在这头望他,笑闭了眼睛,小林只听得见声音——

"走,哥儿。"

洲

小林并没有一直进城。

这里，我已经说过，小林的口里叫"城外"，其实远如西城的人也每每是这么称呼，提起来真是一个最亲昵的所在。这原故，便因为一条河，差不多全城的妇女都来洗衣，桥北城墙根的洲上。这洲一直接到北门，青青草地横着两三条小道，不知从什么时候起，但开辟出来的，除了女人只有孩子，孩子跟着母亲或姐姐。生长在城里而又嫁在城里者，有她孩子的足迹，也就有她做母亲的足迹。河本来好，洲岸不高，春夏水涨，不另外更退出了沙滩，搓衣的石头挨着岸放，恰好一半在水。

关于这河有一首小诗，一位青年人做的，给与我看：

小河的水，
昨夜我梦见我的爱人，
她叫我尽尽的走，
一直追到那一角清流，
我的爱人照过她的黑发，
濯过她的素手。

小林现在上学，母亲不准他闲耍，前四五年，当着这样天气，这样时分，母亲洗衣，他就坐在草地玩。草是那么青，头上碧蓝一片天，有的姑娘们轻轻的躲在他的背后，双手去蒙住他的眼睛——

"你猜，猜不着我不放。"

这一说话，是叫他猜着了。

然而他最欢喜的是望那塔。

塔立在北城那边，比城墙高得多多，相传是当年大水，城里的人统统淹死了，大慈大悲的观世音用乱石堆成，（错乱之中却又有一种特别的整齐，此刻同墨一般颜色，长了许多青苔，）站在高头，超度并无罪过的童男女。观世音见了那凄惨的景象，不觉流出一滴眼泪，就在承受这眼泪的石头上，长起一棵树，名叫千年矮，至今居民朝拜。

城墙外一切，涂上了淡淡的暮色，塔的尖端同千年矮独放光霞，终于也渐渐暗了下去，乌鸦一只只的飞来，小林异想天开了，一滴眼泪居然能长一棵树，将来妈妈打他，他跑到这儿来哭，他的树却要万丈高，五湖四海都一眼看得见，到了晚上，一颗颗的星不啻一朵朵的花哩。

今天来洗衣的是他的姐姐。

小林走过桥来，自然而然的朝洲上望。姐姐也已经伸起腰来在招手了。她是一面洗衣一面留意她的弟弟的。

小林赶忙跑去，那竹枝摇曳得甚是别致。

"小林，你真淘气，怎么跑那么远呢？"

接着不知道讲什么好了，仿佛是好久好久的一个分别。而在小林的生活上，这一刹那也的确立了一大标杆，因为他心里的话并不直率的讲给姐姐听了，这在以前是没有的，倘若要他讲，那是金银花同"琴子妹妹"了。

"你是怎么认识的呢？怎么无缘无故的一个人跑到人家家里去呢？"

"我在坝上玩，遇见的。那位奶奶，她说她明天上我家来玩。"

"哪，——你赶快回去罢。妈妈在家里望你哩。"

这时才轮到他手上的花，好几位姑娘都掉转头来看。

"小林，你这花真好。"

附：

无题之三（1）

1. 此意可题之曰夏晚

（较原稿略有删节）

我已经说过，这，小林的口里叫"城外"，其实远如西城的人也每每是这么称呼。东城，提起来真是一个最亲昵的所在。这原故，便因为一条河，差不多全城的妇女都来洗衣，桥北城墙根的洲上。这洲一直接到北门，青青草地横着两三条小道，不知从什么时候起，但开辟出来的，除了女人只有孩子，孩子跟着母亲或姐姐。生长在城里而又嫁在城里者，有她孩子的足迹，也就有她做母亲的足迹。河本来好，洲岸不高，春夏水涨，不另外更退出了沙滩，搓衣的石头挨着岸放，恰好一半在水。

记得有一位诗人写了一首诗，是关于这河的，抄在下面。

小河的水，
昨夜我梦见我的爱人，
她叫我尽尽的走，
跟着你比你更快的尽尽的走，
一直追到那一角清流，
我的爱人照过她的黑发，
濯过她的素手。

小林现在上学，母亲不准他闲耍，前四五年，当着这样天气，这样时分，母亲洗衣，他就坐在草地。草是那么青，头上又碧蓝一片天，有的姑娘们轻轻的躲在他的背后，双手去蒙住他的眼睛——

"你猜，猜不着我不放！"

然而他最欢喜的是望那塔。

桥

　　塔立在北城那边，比城墙还高得多多，相传是当年大水，城里的人统统淹死了，大慈大悲的观世音用乱石堆成，（错乱之中却又有一种特别的整齐，此刻同瓦一般颜色，长了许多青苔。）站在高头，超度并无罪过的童男女。观世音见了那凄惨的景象，不觉流出一滴眼泪，就在承受这眼泪的石头上，长起一棵树，名叫千年矮，至今居民朝拜。

　　城墙外一切，涂上了淡淡的暮色，塔的尖端同千年矮独放光霞，终于也渐渐暗了下去，乌鸦一只只的飞来：小林异想天开了，一滴眼泪居然能长一棵树，将来妈妈打他，他跑到这儿来哭！他的树却要万丈高，五湖四海都一眼看得见，到了晚上，一颗颗的星不啻一朵朵的花哩。

猫

　　吃过早饭，祖母上街去了，琴子跟着"烧火的"王妈在家。全个村里静悄悄的，村外稻田则点点的是人，响亮的相呼应。

　　是在客房里，王妈纺线，琴子望着那窗外的枇杷同天竹。祖母平常谈给她听，天井里的花台，树，都是她父亲一手经营的，她因此想，该是怎样一个好父亲，栽这样的好树，一个的叶子那么大，一个那么小，结起果子来一个黄，一个红，团团满树。太阳渐渐升到天顶去了，看得见的是一角青空，大叶小叶交映在粉墙，动也不动一动。这时节最吵人的是那许多雏鸡，也都跑出去了，坝上坝下扒抓松土，只有可爱的花猫伏着由天井进来的门槛，脑壳向里，看它那眼睛，一线光芒，引得琴子去看它。

　　"王妈，猫在夜里也会看的，是不是？"

　　"是的，它到夜里眼睛格外放得大。"

　　"几时我不睡，来看它，——哪怕有点吓人，我看得见它，它看不见我。"

　　"说错了，它看得见你，你看不见它。"

　　"不——"

　　琴子答不过来了，她本不错，她的意思是，我们包在黑夜之中，同没有一样，而猫独有眼睛在那里发亮。

　　"奶告诉我说她就回来，怎么还不回来？"

　　"小林哥哥的妈妈是要留奶奶吃中饭的。"

　　"叫三哑叔去问问。"

　　"人家笑话你哩，——看小林哥哥，昨天一个人在我们这里玩了一半天。"

琴子是从未离开祖母吃过一餐饭的,今天祖母说是到小林哥哥家去,当时的欢喜都聚在小林哥哥家,仿佛去并不是祖母要离开她。

突然一偏头,喜欢得笑了,"奶回来了",立刻跑到堂屋里去,堂屋同客房只隔一道壁。

是一个婆婆,却不是她的祖母。

"唱命画的进门,

喜鹊叫得好听。"

"你又来唱命画吗?我奶不在家。"琴子惘然的说。

"奶奶不在家,

姑娘打发糯米粑,

我替姑娘唱一个好命画。"

王妈妈也出来了——

"婆婆,好久没有看见你呀。"

"妈妈,你好呀?这一响跑得远,——姑娘长高了许多哩,可怜伤心,好姑娘,怪不得奶奶那么疼。"

婆婆说着握一握琴子的手。琴子还没有出世,她早已挟着她的画包走进史家庄了。什么地方她都到过,但似乎很少有人知道她的名姓,"唱命画的",大家就这么称呼着。琴子时常记起她那一包画,一张张打开看才好,然而要你抽了哪一张,她才给你看哪一张。

"婆婆,你今天来得正好,——姑娘你抽一张罢。"

王妈叫琴子抽一张。琴子挨了近去,她是要抽一张的。

婆婆展开画——

"相公小姐听我讲,

昔日有个赵颜郎——"

"赵颜求寿吗?"王妈不等唱完高声的问。

"是的,那是再好没有的,你看,一个北斗星,一个南斗星,——赵颜后来九十九岁,长寿。"

琴子暗地里喜欢——

"我奶九十九岁。"

原来她是替她的祖母抽一张命画。

婆婆接着唱下去。

不止一次,琴子要祖母抽一张命画,祖母只是摆头罢了,心里引起了伤感:"孩子呵,我还抽什么呢?"现在她是怎样的欢喜,巴不得祖母即刻回来,告诉祖母听。

史家奶奶这回上街,便是替两个孩子做了"月老",我们这个故事也才有得写了。

万寿宫

到今日,我们如果走进那祠堂那一间屋子里(二十年来这里没有人教书),可以看见那褪色的墙上许多大小不等的歪斜的字迹。这真是一件有意义的发现,字体是那样孩子气,话句也是那样孩子气,叫你又是欢喜,又是惆怅,一瞬间你要唤起了儿时种种,立刻你又意识出来你是踟躇于一室之中,捉那不知谁何的小小的灵魂了。也许你在路上天天碰着他,而你无从认识,他也早已连梦也梦不见曾经留下这样的涂抹劳你搜寻了。

请看,这里有名字,"程小林之水壶不要动",这不是我们的主人公吗?

同样的字迹的,"初十散馆""把二个铜子王毛儿""薛仁贵""万寿宫丁丁响",还有的单单写着日月的序数。

是的,王毛儿,我们的街上的确还有一个卖油果的王毛儿,大家都叫"王毛毛"了,因此我拜访过他,从他直接间接的得了一些材料,我的故事有一部分应该致谢于他。

"万寿宫丁丁响",这是小林时常谈给他的姐姐听的。万寿宫在祠堂隔壁,是城里有名的古老的建筑,除了麻雀,乌鸦,吃草的鸡羊,只有孩子到。后层正中一座殿,它的形式,小林比作李铁拐戴的帽子,一角系一个铃,风吹铃响,真叫小林爱。他那样写在墙上,不消说,是先生坐在那里大家动也不敢动,铃远远的响起来了。

冬天,万寿宫连草也没有了,风是特别起的,小林放了学一个人进来看铃。他立在殿前的石台上,用了他那黑黑的眼睛望着它响。他并没有出声的,但他仿佛是对着全世界讲话,不知道自己是在倾听了。檐前乌鸦忒楞楞的飞,屙的矢滴在地下响,他害怕了,探探的转身，耽心那两旁房屋子里走出狐狸，大家都说这里是出狐狸的。

跨出了大门，望见街上有人走路，他的心稳住了，这时又注意那"天灯"。

凡属僻静的街角都有天灯的，黄昏时分聚着一大堆人谈天，也都是女人同小孩。离小林家的大门不远有一盏，他在四五年前，跟着母亲坐在门槛，小小的脸庞贴住母亲的，眼睛驰到那高高的豆一般的火。他看见的万寿宫门口的天灯，在白天，然而他的时间已经是黄昏了，他所习见的自己门口的灯火，也移在这灯上，头上还有太阳的唯一的证据，是他并不怕，——夜间他一个人敢站在这样的地方吗？灯下坐着那狐狸精，完全如平素所听说的，年青的女子，面孔非常白，低头做鞋，她的鞋要与世上的人同数，天天有人出世，她也做得无穷尽，倘若你走近前去，她就拿出你的鞋来，要你穿着，那么你再也不能离开她了……

想到这里，小林又怕，眉毛一皱，——灯是没有亮的，街上有人走路。

气喘喘的回去见了姐姐——

"姐姐，打更的他怎么不怕狐狸精呢？夜里我听了更响，总是把头钻到被窝里，替他害怕。"

"你又在万寿宫看铃来吗？"

姐姐很窘的说。母亲是不许他一个人到这样的地方的。

附：

无题（一）

久未替《语丝》撰稿，很抱歉似的，既然那样爱它。这是还没有名字的一部东西上面的八，九，十，三章，情节比较同前后少连络，特地誊写出来。

三月七日

一

到今日，我们如果走进那祠堂那一间屋子里，——十年来这里没有人教书——可以看见那褪色的墙上许多大小不等的歪斜的字迹。这真是一件有意义的发现，字体是那样孩子气，话句也是那样孩子气，叫你又是欢喜，又是惆怅，一瞬间你要唤起了儿时的种种，立刻你又意识出来你是踟蹰于一室之中，捉那不知谁何的小小的魂灵了，——也许你在路上天天碰着他，而你无从认识，他也早已连梦也梦不见曾经留下这样的涂抹，劳你搜寻了。

请看，这里有名字，一条桌子的长痕上面！"程小林之水壶不要动"——，这不是我们的主人公吗？同样的字迹的，"初十散馆"，"把二个铜子王毛儿"，"薛仁贵"，"万寿宫，丁丁响"，还有的单单写着日月的序数。

是的，王毛儿，我们的街上的确有一个卖油果的王毛儿！因此我拜访过他，从他直接或间接的得了许多材料，我的故事有一部分应该致谢于他。

"万寿宫，丁丁响"，这是小林时常谈给他的姐姐听的。万寿宫在祠堂隔壁，是城里有名的古老的建筑，除了麻雀，乌鸦，吃草的鸡羊，只有孩子到。后层正中一座殿，它的形式，小林比作铁拐李戴的帽子一角系一个铃，风吹铃响，真叫小林爱。他那样写在墙上，不消说，是先生坐在那里大家动也不敢动，铃远远的响起来了。

冬天，万寿宫连草也没有了，风是特别起的，小林放了学一个人进来看铃。他立在殿前的石台上，用了他那黑黑的眼睛望着它响。他并没有出声的，但他仿佛是对着全世界讲话，不知道自己是在倾听了。檐前乌鸦忒楞楞的飞，屙的矢滴在地下响，他害怕了，探探的转身，耽心那两旁屋子里走出狐狸，大家都说这里是出狐狸的。

跨出了大门，望见街上有人走路，他的心稳住了，这时又注意那天灯。

凡属僻静的街角都有天灯的,黄昏时分聚着一大堆人谈天,——自然也是女人同小孩。离小林的大门不远有一盏,他在四五年前,跟着母亲坐在门槛,小小的脸庞贴住母亲的,眼睛驰到那高高的豆一般的火。他看见的万寿宫门口的天灯,在白天,然而他的时间已经是黄昏了,他所习见的自己门口的灯火,也移在这灯上。头上还有太阳的唯一的证据,是他并不怕,——夜间他一个人敢站在这样的地方吗?灯下坐着那狐狸精,完全如平素所听说的,年青的女人,面孔非常白,低头做鞋。她的鞋要与世上的人同数,天天有人出世,她也做得无穷尽;倘若你走近前去,她就拿出你的鞋来,要你穿着,那么,你再也不能离开她了……想到这里,小林又怕,眉毛一皱,——灯是没有亮的,街上有人走路。

气喘喘的见了姐姐——

"姐姐,那打更的怎不怕狐狸精呢?夜里我听了更响,总是把头钻到被窝里,替他害怕。"

"你又在万寿宫看铃来吗?"

姐姐很窘的说,——母亲是不准小林到这样的地方的。

闹　学

连小林一起共是八个学生，有一个比小林大的名叫老四，一切事都以他两人为领袖。小林同老四已经读到《左传》了，三八日还要作文，还要听讲《纲鉴》，其余的或读国文，或读四书，只有王毛儿是读《三字经》。

一天，先生被一个老头子邀出去了，——这个老头子他们真是欢迎，一进门各人都关在心里笑。先生刚刚跨出门槛，他们的面孔不知不觉的碰在一块，然而还不敢笑出声，老四探起头来向窗外一望，等到他戏台上的花脸一般的连跳连嚷，小喽啰才喜得发痒，你搓我，我搓你。读国文的数"菩萨"，读四书的寻"之"字，罚款则同为打巴掌。小林老四呢，正如先生替戏台上写的对子，"为豪杰英雄吐气"。

小林的英雄是楚霸王。先生正讲到《纲鉴》上楚汉之争。

他非常惋惜而且气愤，所以今天先生的不在家，他并不怎样的感到不同。

"小林，我们一路到万寿宫去捉羊好吗？"老四忽然说。

小林没听见似的，说自己的话：

"学剑不成！"

"总是记得那句话。"

"我说他倘若把剑学好了，天下早归了他。"

老四瞪着眼睛对小林看，他不懂得小林这话是怎么讲，却又不敢开口，因为先生总是夸奖小林做文章会翻案。

"他同汉高祖挑战，射汉高祖没有射死，射到他的脚上，倘若他有小李广花荣那样高的本事,汉高祖不就死了吗?"

老四倒得意起来了,他好容易比小林强这一回——

"学剑?这个剑不是那个箭,这是宝剑,——你不信你问先生。"

小林想,不错的,宝剑,但他的心反而轻松了许多。这时他瞥见王毛儿坐在那里打瞌睡,连忙对老四摇手,叫老四不要作声。

他是去拿笔的,拿了笔,轻轻的走到毛儿面前,朝毛儿的嘴上画胡子。

王毛儿睁开眼睛,许多人围着他笑,他哭了,说他做一个梦。

"做梦吗?做什么梦呢?"

"爸爸打我。"

小林的高兴统统失掉了,毛儿这么可怜的样子!

大家还是笑,小林气愤他们,啐着一个孩子道:

"你这个小虫!回头我告诉先生!"

"是你画他胡子哩!"

另外一个,拉住小林的袖子——

"是的,小林哥,他是不要脸的家伙,输了我五巴掌就跑。"

王毛儿看着他们嚷,不哭了,眼泪吊在胡子旁边,小林又拿手替他抹,抹成了一脸墨,自己的手上更是不用说的。

附:

无题(二)

二

连小林一起,共是八个学生。有一个比小林大一点,名叫老四,一切事都以他两人为领袖。小林同老四已经读到《左传》了,三,八日还要做文章,其余的或读国文,或读四书,只有王毛儿是读《三字经》。

一天,先生被一个老头子邀出去了,——这个老头子他们真是欢迎,一进门各人都关在心里笑。先生刚刚跨出门槛,他们的面孔不知不觉的碰在一块,然而还不敢笑出声,老四探起头来向窗外一望,等到他戏台上的花脸一般的连跳连嚷,小喽啰们才喜得发痒,你搓我,我搓你。读国文的数菩萨,读四书的寻"之"字,罚款则同为打巴掌。小林,老四呢,正如先生替戏台上写的对子,"为豪杰英雄吐气"。

小林的英雄是楚霸王,——先生正讲到《钢鉴》上楚,汉之争。

他非常惋惜而且气愤,所以今天先生的不在家,他并不怎样的感到不同。

"小林,我们一路到万寿宫去捉羊好吗?"

老四忽然说。

小林没听见似的,说自己的话:

"学剑不成!"

"总是记得那句话。"

"我说他倘若把剑学好了,天下早归了他!"

老四瞪着眼睛对小林看,他不懂得小林这话是怎么讲,却又不敢开口,因为先生总是夸奖小林做文章会翻案。

"他同汉高祖挑战,一剑射得去,没有射死,倘若他有小李广花荣那样高的本事,汉高祖不就死了吗?"

老四倒得意起来了,他好容易比小林强这一回——

"学剑!这个剑不是那个箭,这是宝剑,——你不信,去问先生。"

小林想,不错的,宝剑,但他的心反而轻松了许多。这时他瞥见王毛儿坐在那里打瞌睡,连忙对老四摇手,叫老四不要作声。

他是去拿笔的,拿了笔,轻轻的走到毛儿面前朝毛儿的嘴上画胡子。

王毛儿睁开眼睛,许多人围着他笑,他哭了,说他做一个梦。

"做梦吗?做什么梦呢?"

"爸爸打我。"

小林的高兴统统失掉了,毛儿这么可怜的样子!

大家还是笑,小林气愤他们,啐着一个孩子道:

"你这个小虫!回头我告诉先生!"

"是你画他胡子哩!"

另外一个,拉住小林的袖子——

"是的,小林哥,他是不要脸的家伙,输了我五巴掌就跑。"

王毛儿看着他们嚷,不哭了,眼泪吊在胡子旁边,小林又把手替他揩抹,——抹成了一脸墨,自己的手上更是不用说的。

芭 茅

先生还没有回来,小林提议到"家家坟"摘芭茅做喇叭。

家家坟在南城脚下,由祠堂去,走城上,上东城下南城出去,不过一里。据说是明朝末年,流寇犯城,杀尽了全城的居民,事后聚葬在一块,辨不出谁属谁家,但家家都有,故名曰家家坟。坟头立一大石碑,便题着那三个大字。两旁许许多多的小字,是建坟者留名。

坟地是一个圆形,周围环植芭茅,芭茅与城墙之间,可以通过一乘车子的一条小径,石头铺的,——这一直接到县境内唯一的驿道,我记得我从外方回乡的时候,坐在车上,远远望见城墙,虽然总是日暮,太阳就要落下了,心头的欢喜,什么清早也比不上。等到进了芭茅巷,车轮滚着石地,有如敲鼓,城墙耸立,我举头而看,伸手而摸,芭茅擦着我的衣袖,又好像说我忘记了他,招引我,——是的,我哪里会忘记他呢,自从有芭茅以来,远溯上去,凡曾经在这儿做过孩子的,谁不拿他来卷喇叭?

这一群孩子走进芭茅巷,虽然人多,心头倒有点冷然,不过没有说出口,只各人笑闹突然停住了,眼光也彼此一瞥,因为他们的说话,笑,以及跑跳的声音,仿佛有谁替他们限定着,留在巷子里尽有余音,正同头上的一道青天一样,深深的牵引人的心灵,说狭窄吗,可是到今天才觉得天是青的似的。同时芭茅也真绿,城墙上长的苔,丛丛的不知名的紫红花,也都在那里哑着不动,——我写了这么多的字,他们是一瞬间的事,立刻在那石碑底下蹲着找名字了。

他们每逢到了家家坟，首先是找名字。比如小林，找姓程的，不但眼巴巴的记认这名字，这名字俨然就是一个活人，非常亲稔，要说是自己的祖父才好。姓程的碰巧有好几个，所以小林格外得意，——家家坟里他家有好几个了。

他们以为那些名字是代表死人的，埋在家家坟里的死人的。

小喽啰们连字也未见得都认识，甚者还没有人解释他听，"家家坟"是什么一个意义，也同"前街""后街"一样，这么惯听了的也就这么说。至于这么蹲在它面前，是见了他们的两位领袖那么蹲，好玩。小林虽然被称为会做翻案文章，会翻案未必会通，何况接着名字的最末一行，某年某月某日敬立，字迹已很是模糊，那年号又不是如铜钱上所习见的，超过他们的智识范围之外。老四也不能，而且也不及订正，他同小林恰得其反，非常的颓唐，——找遍了也找不出与他同姓的！那么家家坟缺少他一家了，比先生夸奖小林还失体面。以前也颓唐过几回，然而说是到家家坟总是欢喜的，也总还是要找。

"啊，看哪个的喇叭做得响！"

许许多多的脑壳当中，老四突然抽出他的来，挤得一两个竟跌坐下去了。

大家都在坟坦里，除了王毛儿，——他还跪在碑前，并不是看碑，他起先就没有加到一伙的。

暂时间又好像没有孩子在这里，各人都不言不语的低头卷自己的喇叭了。

小林坐在坟头，——他最喜欢上到坟头，比背着母亲登城还觉得好玩。一面卷，一面用嘴来蘸，不时又偷着眼睛看地下的草，草是那么吞着阳光绿，疑心它在那里慢慢的闪跳，或者数也数不清的唧咕。仔细一看，这地方是多么圆，而且相信它是深的哩。越看越深，同平素看姐姐眼睛里的瞳人一样，他简直以为这是一口塘了，——草本是那么平平的，密密的，可以做成深渊的水面。两边一转，芭茅森森的立住，好像许多宝剑，青青的天，就在尖头。仰起头来，又有更高的遮不住的城垛——

"小林哥，坟头上坐不得的，我烧我妈妈香，跑到我妈妈坟头上玩，爸爸喝我下来。"

毛儿的话，出乎小林的意外，他是跪在那里望小林，猫一般的缩成了一团，小林望他，他笑，笑得更叫人可怜他，太阳照着墨污了的脸发汗。小林十分抱歉，他把毛儿画得这个样子！

"你妈妈在哪里呢？"

"在好远。"

"你记得你妈妈吗？"

毛儿没有答出来，一惊，接着哈哈大笑——

老四的喇叭首先响了。

附：
无题（三）

三

先生还没有回，小林提议到家家坟摘芭茅做喇叭。

家家坟在南城脚下，由祠堂去，走城上，上东城，下南城，最多不过一里。据说是明朝末年，流寇犯城，杀尽了全城的居民，事后聚葬在一块，辨不出谁属谁家，但家家都有，故名曰家家坟。坟头立一大石碑，便题着那三个大字。两旁许许多多的小字，是建坟者留名。

坟地约当一亩，四围环植芭茅，芭茅与城墙之间，可以通过一乘车子的一条小径，石头铺的，——这一直接到县境内唯一的驿道，我记得我从外方回乡的时候，坐在车上，远远望见城墙，虽然太阳快要落下了，心头的欢喜，什么清早也比不上。等到进了芭茅巷，车轮滚着石地，有如敲鼓，城墙耸立，我举头去看，伸手去摸，芭茅触着我的衣袖，又好像说我忘记了它，招引我，——是的，我哪里会忘记它呢，自从有芭茅以来，远溯上去，凡曾经在这儿做过孩子的，谁不拿它来卷喇叭？时候总在冬天，因为我是回来过年的，但芭茅似乎没有改变颜色，绿的，——你如说不是春夏那般绿，那自然不错，然而我当时实未留心到季节。

这一群孩子走进芭茅巷，虽然人多，心头倒有点冷然，不过没有说出口，只各人的笑闹突然停住了，眼光也彼此一瞥，因为他们的说话，笑，以及跑跳的声音，仿佛有谁替他们限定着，留在巷子里尽有余音，正同头上的一道青天一样，深深的牵引人的心灵，说狭窄吗？可是到今天才觉得天是青的似的。同时芭茅也真绿，城墙上长的苔，丛丛的不知名的紫红花，也都在那里哑着不动，——我写了这么多的字，他们是一瞬间的事，立刻在那石碑底下蹲着找名字了。

他们每逢到了家家坟，首先是找名字。比如小林，找姓程的，不但眼巴巴的记忆这名字，这名字俨然就是一个活人，非常亲稔，要说是自己的祖父或父亲才好。姓程的碰巧有好几个，所以小林格外得意，——家家坟里他家有好几个了。

他们以为那些名字是代表死人的，埋在家家坟里的死人的。

小家伙们连字也未见得都认识，甚者还没有人解释他听，家家坟是怎样一个意义？"家家坟"，也同"前街"，"后街"一样，这么惯听了的也就这么说。至于这么蹲在它面前，是见了他们的两位领袖那么蹲，好玩。小林虽然被称为会做翻案文章，会翻案未必会"通"，何况接着名字的最末一行，某年某月某日敬立，字迹已很是模糊，那年号又不是如铜钱上所习见的，超过他们的智识范围之外。老四也不能，而且也不及订正，他同小林恰得其反，非常的颓唐，——找遍了也找不出与他同姓的！那么家家坟缺少他一家了，比先生夸奖小林还失体面。以前也颓唐过几回，然而说是到家家坟总是欢喜的，也总还是要找。

"啊,看哪个的喇叭做得响!"

许许多多的脑壳当中,老四突然抽出他的来,挤得一两个竟跌坐下去了。

大家都在坟坦里,除了王毛儿,——他还跪在碑前,并不是看碑,他起先就没有加到一伙的。

暂时间又好像没有孩子在这里,各人都不言不语的低头卷自己的喇叭了。

小林坐在坟头,——他最欢喜上到坟头,比背着母亲登城还觉得好玩,一面卷,一面用嘴来蘸。不时又偷着眼睛看草,因为它是那样吞着阳光绿,疑心它在那里慢慢的闪跳,或者数也数不清的唧咕。仔细一看,这地方是多么圆,而且相信它是深的哩!越看越深,同平素看姐姐眼睛里的瞳子一样,他简直以为这是一口塘了,——草本是那么平平的,密密的,可以做成深渊的水面。两边一转,芭茅森森的立住,好像许多宝剑,青青的天,就在尖头。仰起头来,又有更高的遮不住的城垛——

"小林哥,坟头上坐不得的,我烧我妈妈香,跑到坟头上玩,爸爸喝我下来。"

毛儿的话!出乎小林的意外,他是在那里望小林,猫一般的缩成了一团,小林望他,他笑,笑得更叫人可怜他,太阳照着墨污了的脸发汗。小林十分抱歉,毛儿这副形相,完全是他画出来的!

"你妈妈在哪里呢?"

"在好远。"

"你记得你妈妈吗?"

毛儿没有答出来,一惊,接着哈哈大笑——

老四的喇叭首先响。

狮子的影子

他们从家家坟转头，先生还没有回。有几个说回家去吃饭，老四不准："人家烟囱里不看见出烟哩"。先生临走嘱咐过他："吃饭的时候，我如果没有回，可以放学"。

大家气喘喘的坐在门槛上乘凉。小林披着短褂，两个膀子露了出来，顺口一句：

"快哉此风，寡人所与庶人共者也。"

老四暗地里又失悔，这一句好文章被小林用了去了，本于《古文观止》上的《黄州快哉亭记》，曾经一路读过的。

"姜太公在那里钓鱼。"

一个是坐在地下，眼望檐前石头雕的菩萨。大家也立刻起来，又蹲下去，一齐望，仿佛真在看钓鱼，一声不响的。

"你猜这边的那个小孩子是什么人？"

小林的话。

好几个争着说：

"国文上也有，也是挟一本书站在他妈妈面前，——孟子，是不是？"

"是的，这典故就叫做孟母断机。"

老四倒不屑于羼在一起了，也掉转眼睛看了一看，终于还是注意姜太公。而王毛儿，跟着小林的"机"字霹雳一声：

"拳头一捋，打死一个鸡！"

这一喊，大家的脑壳统统偏过来，笑得毛儿无所措手足了，幸而没有掉出眼泪。然而他之所以那么一喊，也实在是欢喜，今天早晨他读到"除隋乱，创国基"，觉得非常有意思，杂在许多声音当中高声的唱："拳头一捋，打死一个鸡！"（此地方音，拳头的拳读若除，捋与乱音近。）

这里乘凉，是再好没有的。一个大院子，除了一条宽道，大麻石铺的，从门口起成丁字形伸出去，都是野花绿草，就在石头缝里也还是长了草的。一棵柏树，周围四五抱，在门口不远，树枝子直挨到粉墙，檐前那许多雕刻，有的也在荫下。石地上影子簇簇，便遮着这一群小人物。

毛儿在那里不得开交，小林突然双手朝地上一扑，大家也因之转变了方向了。小林是捉日头，斑斑驳驳的日光，恰好他面前的一小丛草给照住了，疑心有人在什么地方打镜子。他是打镜子的能手，常是把姐姐的镜子拿到太阳地方向姐姐脸上打。抬头，本是想透过树顶望，而两边只管摆，那光又正照住了他的眼睛。摆也摆不脱，大家好笑。等到他再低头，一丛草分成了两半圆，一半是阴的，现得分外绿。

"小林，快！快！那边，蜻蜓！"

老四急促而又吞声的喊他，喊他捕蜻蜓，一个大黄蜻蜓，集在他那边草上，只要他朝前一探手，可以捕得够。

"快！快！"

他循着老四手指的方向看过去，看见了，但他不动手。

"小林哥，快点！要飞了！"

他依然没有动手，看——

"好大的黄眼睛！"

大家急的不得了，他接着且拍手，想试一试那眼睛看的是什么，或者还逗出它一声叫来哩。

"这样的东西总不叫！"

他很窘的不出声的说。其实他这时是寂寞，不过他不知道这两个字是用在这场合，——不，"寂""寞"他还不能连在一起，他所经验的古人无有用过而留下他的心目。看这类动物，在他不同乎看老鼠或看虎，那时他充分的欢喜，欢喜随着号笑倾倒出来了。而这，总有什么余剩着似的。

老四不耐烦，窜到前面去，蜻蜓却也不让他捉住，大家都怅望着它的飞程，到了看不见，不期然而然的注意那两个燕子。

院子既大，天又无云，燕子真足以牵引他们，渐渐飞得近，箭一般的几乎是要互相擦过。

"好长的尾巴！"小林说。

"燕，候鸟也。"另外一个说。

"你读得来，讲得来吗？候鸟是怎么讲法呢？"小林问。

"小林，不要想，连忙说出来，燕子同雁哪个是秋来春去，春去秋来？"老四说。

小林预备说，嘴一阖，笑起来了，果然一口气说不清。

小喽啰也都笑，看了小林的笑而笑。

"老四，你是喜欢春天还是喜欢秋天？"小林问。

首先答应的却是王毛儿：

"我喜欢冷天，冷天下雪。"

出乎毛儿的意外，大家不再笑他，他立刻热闹了许多。

"我喜欢秋天，'八月初一雁门开'，我喜欢看雁。"小林自己说。

"是的，我也喜欢看雁，雁会排字，'或成一字，或成人字'。"另外一个说。

"你看见两个字一齐排吗？我看见的，那时我还没有读书，就认得这两个字。"小林说。

"雁教你认的！"老四嘲笑似的说。

"哈哈哈。"大家笑。

小林认识这两个字，的确可以说是雁教的。六七岁的光景，他跟他的母亲下河洗衣，坐在洲上，见了雁，喊母亲看。一字形，母亲说,"这是一字",人字形,"这是人字"。母亲还说雁可以带信,他说:"何不叫它多排几个呢?省得写。"后来他同母亲看戏,看到《汾河湾》,那扮薛丁山的同他差不多年纪,他问母亲:"这么一个小孩子,会射什么呢?"母亲的心里已经是一阵阵伤痛,知道丁山将有怎样的运遇,轻轻答道:"射雁。"他顿时拉住母亲的手,仿佛是母亲打发那孩子去的:"雁那么好的鸟,射它做什么呢?"有一回,母亲衣洗完了,也坐下沙滩,替他系鞋带,远远两排雁飞来,写着很大的"一人"在天上,深秋天气,没有太阳,也没有浓重的云,淡淡的,他两手抚着母亲的发,尽尽的望。

"老四,你喜欢放野火不呢?那也要到下半年。"小林又问。

"野火我放过好几回,我到我外婆家,许多人一路上官山上玩,点起火来满山红。"

"官山上都是坟哩!"

"坟怕什么呢?坟烧得还好玩些,高高低低的。"

"是的,去年,我记得,天已经黑了,我跟我的姐姐在城外玩,望见对面山上有火,我拉姐姐上城去看,那简直比玩龙灯还好玩。"

说到这里,有一个又在那里吹起喇叭来了。只有他的喇叭还装在荷包里,其余的一到门口就扯散,叶子撒得满地。

"这许多芭茅叶,不收起来,先生回来问哩。"老四说。

各人赶忙拾起。

"拿来我!"

小林斩截的一声。芭茅都交给了他。他团成一个球,四面望,——向狮子跑。

那里立着一对石狮子。

他把芭茅球塞在狮子口里。

"哈哈哈。"

大家笑。

他看一看狮子的影子，——躺下去了，狮子的影子大过他的身子。

老四对大家摇手，叫不要笑，——他的意思是，让小林一个人睡着，他们偷偷的回去。

附：

无题之二

这是原稿第十一章，与《语丝》七十三期上的三章是一串的，可参看。

读者，你还肯听吗？我把前回的事再接着讲一讲。

他们从家家坟转头，先生还没有回，有几个说回家去吃饭，老四不准："人家烟囱里不看见出烟哩！"——先生临走嘱咐过他："吃饭的时候，我如果没有回，可以放学。"

大家气喘喘的坐在门槛上乘凉。小林披着短褂，二个膀子露了出来，顺口诌一句：

"快哉此风！寡人所与庶人共者也。"

老四暗地里又失悔，这一句好文章被小林用了去了——本于《古文观止》上的《黄州快哉亭记》，曾经一路读过的。

"姜太公在那里钓鱼！"

一个是坐在地下，眼望檐前石头雕的菩萨。大家也立刻起来，又蹲下去，一齐望，仿佛真在看钓鱼，一声不响的。

"你猜这边的那个小孩子是谁？"

小林的话。

好几个争着说：

"国文上也有，也是挟一本书站在他妈妈面前，——孟子，是不是？"

"是的,这典故就叫做孟母断机。"

老四倒不屑于羼在一起了,也掉转眼睛看了一看,终于还是注意姜太公。而王毛儿,跟着小林的"机"字霹雳一声:

"拳头一捋,打死一个鸡!"

这一喊,大家的脑壳一统偏过来,笑得毛儿无所措手足了,幸而没有掉出眼泪,——不,决不会有眼泪的,因为他这时简直不觉到有一个小小的身子站在这块,给他们的笑吹跑了。然而他之所以那么一喊,也实在是欢喜,今天早晨,先生教到"除隋乱,创国基",他觉得非常有趣,杂在许多声音当中高声的唱,——就是刚才那样唱法。(我们乡音,拳头的拳读若除,捋与乱音近。)

这里乘凉,是再好没有的。一个大院子,除了一条宽道,大麻石铺的,从门口起成丁字形伸出去,都是野花绿草,——就在石头缝里,也还是长了草的。一棵柏树,周围四五抱,在门口不远,树枝子直挨到粉墙,檐前那许多雕刻,有的也在荫下。石地上影子簇簇,便遮着这一群小人物。

毛儿在那里不得开交,小林突然双手朝地上一扑,——大家也因之转变了方向了。小林是捉日头,斑斑驳驳的日光,恰好他面前的一小丛草给照住了,疑心有人在什么地方打镜子,——他是打镜子的能手,常是把姐姐的镜子拿到太阳地方向姐姐脸上打。抬头——本是想透过树顶望,而两边只管摆,那日光又正照住了他的眼睛!摆也摆不脱,大家好笑。等到他再低头,草分成了两半圆,一半是荫的,现得分外绿——

"小林,快!快!那边,纱蝇!"

是老四急促而又吞声的喊他,喊他捕蜻蜓,——一个大黄蜻蜓,集在那边草上,只要他朝前一探手,可以捕得够。

"快!快!"

他循着老四手指的方向看过去,——看见了,但他不动手。

"快点!要飞了!"

不只老四一人喊。

他依然没有动手,只是看——

"好大的黄眼睛!"

这分明不是说给他的伙计们听的,而伙计们的催促,他也分明没有听见。

大家急的不得了,他接着且拍手,想试一试那眼睛看的是什么,——或者还逗出它一声叫来哩。

"这样的东西总不叫!"

他很窘的不出声的说。其实他这时是寂寞,不过他不知道这两个字是用在这场合,——不,"寂","寞"他还不能连在一起,他所经验的古人无有用过而留下他的心眼。看这类动物,在他不同乎看老鼠或看虎,那时他充分的欢喜,欢喜随着号笑倾倒出来了。而这,总有什么余剩着似的。

老四不耐烦,窜到前面去,蜻蜓却也不让他捉住,大家都怅望着它的飞程,到了看不见,不期然而然的注意那两个燕子。

院子既大,天又无云,燕子真足以牵引他们,渐渐飞得近,箭一般的几乎是要互相擦过。

"好长的尾巴!"小林说。

"燕,候鸟也。"另外一个说。

"你读得来,讲得来吗?候鸟是怎样讲法呢?"小林问。

"小林,不要想,连忙说出来,燕子同雁哪个是秋来春去,春去秋来?"老四说。

小林预备说,嘴一阖,笑起来了,——果然一口气说不清。

小喽啰们也都笑,看了小林的笑而笑。

"老四,你是喜欢春天还是喜欢秋天?"小林问。

首先答应的却是王毛儿:

"我喜欢冷天,冷天下雪。"

出乎毛儿的意外,大家不再笑他,他立刻热闹了许多,——他的话是信口说出的,刚出口,要连舌头吞进去才好。

"我喜欢秋天,'八月初一雁门开',我喜欢看雁。"小林自己说。

"是的,我也喜欢看雁,雁会排字,'或成一字,或成人字'。"另外一个说。

"你看见两个字一齐排吗?我看见的,那时我还没有读书,就认得这两个字。"小林说。

"雁教你认的!"老四嘲笑似的说。

"哈哈哈!"

是大家笑。

小林认识这两个字,的确可以说是雁教的。六七岁的光景,他跟他的母亲下河洗衣,坐在洲上,见了雁,喊母亲看。一字形,母亲说,"这是一字";人字形,"这是人字"。母亲还说雁可以带信,他说:"何不叫她多排几个呢?省得写。"后来他同母亲看戏,看到《汾河湾》,那扮薛丁山的同他差不多年纪,他问母亲:"这么一个小孩子,会射什么呢?"母亲的心里已经是一阵阵伤痛,知道丁山将有怎样的运遇,冷冷的答道:"射雁。"他顿时拉住母亲的手,仿佛是母亲打发那孩子去的:"雁那么好的鸟,射它做什么呢?"有一回,母亲衣洗完了,也坐下沙滩,替他系鞋带。远远两排雁飞来,写着很大的"一人"在天上,深秋天气,没有太阳,也没有浓重的云,淡淡的,他两手抚着母亲的发,尽尽的望。

"老四,你喜欢放野火不呢?——那也要到下半年。"小林又问。

"野火我放过好几回,我到我外婆家,许多人一路上官山上玩,点起火来满山红。"

"那真好玩,——官山上都是坟哩!"

"坟怕什么呢?墓烧得还好玩些,高高低低的。"

"是的,去年,我记得,天已经黑了,我跟我的姐姐在城外玩,望见对面山上有火,我拉姐姐上城去看,那简直比玩龙灯还好玩。"

说到这里，有一个又在那里吹起喇叭来了！——只有他的喇叭装在荷包里，其余的一到门口就扯散，叶子撒得满地。

"这许多芭茅叶，不收住，先生回来问哩！"老四说。

各人赶忙拾起。

"拿来我！"

小林斩截的一声，芭茅都交给了他。他团成一个球，四面望，——向草地跑。

他是跑到那狮子旁边，——草地上有一对石狮子。

他把芭茅球塞在狮子口里。

大家又笑。

他看一看狮子的影子，——躺下去了，影子大过他的身子。

老四对大家摇手，叫不要笑，他的意思是。让小林一个人睡着，他们偷偷的回去。

顽皮的小林，是到他的姐姐来找他吃饭把他从太阳地下喊醒。

"送　牛"

今天小林要接到一匹牛儿，紫绛色的牛儿，头上扎一个彩红球。

照习惯，孩子初次临门，无论是至戚或好友，都要打发一点什么，最讲究的是牛儿，名曰"送牛"。即如我，曾经有过一匹，是我的外婆打发我的，后来就卖给那替我豢养的庄家。小林那回走进史家庄，匆匆又回去了，史家奶奶天天盘计在心，催促三哑看哪一个村上有长得茁壮样子好看的牛儿没有。

刚好小林新从病愈，特地趁这日子送去贺喜他。

送牛的自然也是三哑，他打扮得格外不同，一头蓬发，不知在哪里找得了一根红线，束将起来。牵牛更担一挑担子，这担子真别致，青篾圆箩盛着二十四个大桃子。然而三哑的主意却还在底下衬托着的稻草，他用了一下午的工夫从稻草堆上理出了这许多嫩黄草来，才想到去买桃子。他这样的心计，史家奶奶是明白的，见他赤着脚兜了桃子回来，说道：

"你也该洗脚了。"

他弯着腰，对奶奶的眼睛看，笑道：

"牛到哥儿家，两天要停留罢，吃什么起？我办了许多草去。"

"是的。"

"挑草不好看，我挑一担桃子去。"

"是的，谢谢三哑叔。"

牛儿进城，不消说，引起个个观望。还没有走过桥，满河的杵声冷落了下去，只见得循着河岸，妇人家，姑娘们，有的在竹篙子撑着的遮阳之下，都已经抬起身子了。是笑呢，还是对了太阳——

总之拿这时的河水来比她们的面容,是很合式的罢。

史家庄的长工,程小林的牛,知道的说,不知道的问。

三哑——他是怎样的欢喜,一面走,一面总是笑,扁担简直是他的翅膀,飞。但他并不回看人,眼睛时而落在箩筐,时而又偏到牛儿那边去。城门两丈高,平素他最是留意,讲给那不惯上街的人听,现在他挤进去了他也不觉得。

走过了火神庙,昂头,正是那白白的门墙——

"三哑叔!"

"哈,哥儿。"

小林跳出来了,立刻放炮。他早已得了信竿子上挂了一吊炮等着。

三哑喝了酒才回去,预备一两日后又来牵牛,牵到王家湾去,因为他买的时候也就代为约定了一个豢养的人家。

小林的院子里有一棵石榴,牛儿就拴在石榴树下。邻近的孩子们三三五五的走进来看,同小林要好的小林引到屋子里去,看桃子,——二十四个大桃母亲用了三个盘子盛着摆在堂屋正中悬挂的寿星面前。

"寿星老头子手上有桃子,还要把我的桃子给他,让我们偷他一个罢。"

小林自己这么说,别个自然没有不乐意的。然而他的姐姐躲在背后瞄着他,他刚刚爬到几上,伸手,姐姐一声——

"嚇,捉贼!"

小林回转身来笑了——

"我要偷寿星老头子手上的桃子。"

"那个桃子你偷,你只不要动他的这个。"姐姐笑。

"怎么是他的这个呢?是我的!"

"不管是你的是他的,你且偷那个桃子我看看。"

"画的怎么偷法呢?"

最小的一个孩子说。小林笑得跑来倒在姐姐怀里了。

"我们还是去看牛儿。"孩子们说。

牛儿站在那里，动也不动一动。他们用尽种种法子逗它。小林拿草伸到它的口边，它也不以为这是主人，一样的只看见它的眼睛在表示，表示的什么可说不清了。

有一个去拉它的尾巴，他是名叫铁牛的，用了那么大的力，牛突然抱着树碰跳碰跳了，吓得大家退后好几步，石榴的花叶也撒了一阵下来，撒到牛身上，好看极了。

然而大家气愤——

"真是个铁牛！"

铁牛一溜烟跑了。

到了天快黑了，牛儿兀的叫几声，只有小林一个人在院，他也随着叫一声，起初是一惊，立刻喜得什么似的，仿佛这才放心。他午饭没有吃，虽然被母亲迫着在桌上坐了一会，一心守着看牛吃不吃草。

姐姐提了水到院子里来浇花，他说：

"我忘记了！三哑叔告诉我天黑的时候，把点水牛喝哩。"

姐姐笑道：

"你牵到河里去喝。"

"好，我把它牵到河里去喝。"

说着去解绳子，但母亲也已经走出来了——

"姐姐说得玩，你就当真的了，——舀一钵水来它喝。"

小林背着牛，就在牛的身旁，站住了。

"这时候城外人多极了，你牵到河里去喝，要是人家问你是哪个送你的牛，你怎么答应呢？"

"三哑叔送的。"

他斩截的说。妈妈姐姐都笑。

石榴树做了一个大翅膀，牛儿掩护下去了，花花叶叶终于也隐隐于模糊之中，———定又都到小林的梦里去出现罢，正如一颗颗的星出现在天上。

附：
无题之五（一）

一

今天小林要接到一匹牛儿，紫绛色的牛儿，头上扎一个彩红珠。

照习惯，孩子初次临门，无论是至戚或好友，都要打发一点什么，最讲究的是牛儿。比如我，有一匹，是我的外婆打发我的，后来就卖给那替我豢养的庄家，至今我的妻不时带着的项链，是我把那卖来的款子买的。小林那回走进史家庄，匆匆又转去了，史家奶奶天天盘计在心，催促三哑看哪一个村上有长得肥硕样子好看的牛儿没有。

刚好小林新从病愈，特地趁这日子送去贺喜他。

送牛的自然也是三哑，他打扮得格外不同，一头蓬发，不知在哪里找得了一根红线，束将起来。牵牛更担一挑担子，这担子真别致，青篾圆箩盛着十来个大茄子，茄子当中又间以石榴，石榴连枝折下的，好几片叶。然而三哑的主意却还在底下衬托着的稻草，——他是用了一下午的工夫从稻草堆上理出了这许多嫩黄草来，才想到去折茄子同石榴。他这样的心计，史家奶奶是明白的，但不作声，见他赤着脚抱了茄子石榴回来，说道：

"你也该洗脚了。"

他弯着腰，对奶奶的眼睛看，笑道：

"牛到哥儿家，两天要停留罢，吃什么呢？我办了许多草去。"

"是的。"

"挑草不好看，这个，伴着。"说着指茄子石榴。

"是的，这真——哥儿有福！"

那后半句说得几乎听不见了。

牛儿进城，不消说，引起个个观望。还没有走过桥，满河的杵声冷落了下去，只见得循着河岸，妇人家，姑娘们，有的在竹杆子撑着的遮阳之下，都已经抬起身子了，是笑呢，还是对了太阳——总之拿这时的河水来比她们的面容，是很合式的罢。

史家庄的长工！程小林的牛！——知道的说，不知道的问。

三哑——他是怎样的欢喜，一面走，一面老是笑，扁担简直是在肩膀上飞！但他并不回看人，眼睛时而落在箩筐，时而又偏到牛儿那边去。城门几丈高，平素他最是留意，讲给那不惯上街的人听，现在他挤进去了，他也不觉得！

走过了火神庙，昂头，正是那白白的门墙——

"三哑叔！"

"哈，哥儿！"

小林跳出来了，立刻放炮，——他早已得了信捏了炮等着。

三哑喝了酒才回去，预备一两日后又来牵牛，牵到乡下去，因为他买的时候也就代为约定了一个豢养的人家。

小林的院子里有两棵桃树，牛儿就拴在树下。邻近的孩子们三三五五的走进来看，同小林要好的小林引到屋子里去，看石榴，看茄子，——母亲用了三个大盘子摆在堂屋正中悬挂的寿星面前。

"寿星老头子手上有桃子，还要把石榴他吃，让我们偷他一个罢。"

小林自己这么说。别个自然没有不乐意的。然而他的姐姐躲在后面瞄着他，他刚刚爬到几上，伸手，姐姐一声——

"嘿，捉贼！"

小林转身笑了——

"我要偷寿星老头子的桃子。"

"偷桃子你偷去，只不要动他的石榴。"姐姐笑。

"我的石榴！怎么是他的石榴呢？"

"不管是你的是他的，你且偷那桃子我看看。"

"画的怎么偷法呢？"最小的一个孩子说。

小林笑得跑来倒在姐姐怀里了。

"我们还是去看牛儿。"孩子们说。

牛儿站在那里，动也不动一动。他们用尽种种法子惹它。小林拿草伸到它的口边，它也不以为这是主人，一样的只看见它的眼睛在表示，表示的什么可说不清了。

有一个去拉它的尾巴，他是名叫铁牛的，用了那么大的力，牛突然抱着树碰跳碰跳了，吓得大家退后好几步，桃叶也撒了一阵下来。最有趣的，树叶子摇个不住，那彩红球也在摇个不住。

然而大家气愤——

"真是个铁牛！"

铁牛一溜烟跑了。

到了天快黑了，牛儿叽的叫几声，——只有小林一个人在院，也随着叫一声，起初是惊，立刻喜得什么似的，仿佛这才放心。他午饭没有吃，虽然被母亲迫着在桌上坐了一会，一心守着看牛吃不吃草。

姐姐提水来浇花，他说：

"我忘记了！三哑叔告诉我天黑的时候把点水牛喝哩。"

姐姐笑道：

"你牵到河里去喝！"

他连忙去解绳子，但母亲也已经走出来了——

"亏你当真的哩！家里有一个大钵，水放在钵里它喝。"

小林背着牛，就在牛的身旁，站住了。

"人家要问你，是哪个送你的牛，你怎么答应呢？"姐姐又笑。

"三哑叔送的。"他斩截的说。

妈妈姐姐都笑。

蓬蓬桃叶做成了大翅膀，院子里的一切掩护下去了，终于桃叶也隐隐于模糊之中，——一定又都到小林的梦里去出现罢，正如一颗颗的星出现在天上。

"松树脚下"

第二天小林自己牵了牛儿往史家庄去，下得坝来，知道要循哪一条路走——"有人喊我哩。"掉头向声音之所自来了。是的，是史家奶奶。

他想不到这样出乎意外的到了，并没有听清史家奶奶的话，远远的只管说——

"我妈妈叫我牵来的，它一早起来就叫，哞哞哞的，又不吃草，妈妈说：'今天你就自己牵去罢，牵到奶奶家去，交给三哑叔。'"

史家奶奶不消说高兴的了不得，小林来了，何况是病后。而小林，仿佛史家庄他来得太多，当他一面走路的时候一面就想，牵牛，这个理由充不充足？所以他的步子开得很慢，几乎是画之字，时时又盼一盼牛。牛儿大约也懂得这个意思，要下坝，两个平排的，临着绿野，站了一会。

自然，这因为史家庄现在在他的心上是怎样一个地方。

奶奶走到他的面前来了——

"是的，牲口也怕生，来得好，——病都好了吗？我看长得很好。"

牵牛的绳子从小林的手上接过来，又说：

"来，跟我来，松树脚下，琴子妹妹也在那里。"

琴子妹妹——小林望得见了。

"松树脚下"，就在那头的坝脚下，这么叫，很明白，因了一棵松树。

我们可以想象这棵松树的古老，史家奶奶今年近七十岁，很年青的时候,便是这样不待思索的听大家说,"松树脚下",又说给别人听,而且松树同此刻也不见得有怎样的不同,——它从不能特别的惹起史家奶奶的留意。还有,去看那碑铭,——这里我得声明,松树脚下是史家庄的坟地,有一块碑,叫琴子来称呼要称高祖的,碑铭是死者自撰,已经提到松树,借了李白的两句:

蟪咕啼青松
安见此树老

如果从远处望,松树也并不看见,它曲而不高,同许多树合成一个绿林,于稻田之中很容易识别。我们以下坝进庄的大路为标准,未尽的坝直绕到屋后,在路左,坟地正面是路,走在路上,坟,颇多的,才不为树所遮掩。

不是琴子,小林见了松树要爬上去,——不是小林,琴子也要稀奇牛儿今天又回来了。

总之羞涩——还是欢喜呢?完全占据了这两个小人物。

"琴儿,你看,小林哥哥把牛牵到这里来了。"

"我不晓得那替我豢的人他家在哪里。"

"是的,一会儿我叫三哑叔牵去,——坐下歇一歇。"

小林就坐下坟前草地。琴子本来是坐着的。

"琴儿,问小林哥好。"

"小林哥好。"

小林笑着谢了一下。

史家奶奶让牛在一旁,挨近两个孩子坐。

小林终于看松树。

"那是松树吗?松树怎么这么盘了又盘?"

琴子好笑,盘了又盘就不是松树!但她不答。奶奶道:

"你没有见过这么的松树吗?"

"我在我父亲的画帖上见过，我以为那只是画的。"

"画的多是有的。"

奶奶说着不觉心伤了。慢慢又说：

"今天是琴子妈的忌日，才烧了香，林儿，你也上前去作一作揖。"

小林伸起腰来，预备前去，突然眉毛一扬，问：

"哪一个坟是呢？"

真的，哪一个坟是呢？老年人到底有点模糊。

"这个。"

琴子指点与他。

说声作揖，小林简直喜欢得很，跪下去，一揖，想起了什么似的又一掉头——

"奶奶，是不是五霸者三王之罪人也的那个罪字。"

他的样子实在好笑，琴子忍不住真笑了。奶奶摸不着头脑。

他是问忌日的忌，——"忌日"对于他是一个新名词。

"啊，不是，是百无禁忌的忌。"

小林又想："忌日，什么叫做忌日？是不是就是生日？"

他却不再问了，连忙爬起来，喝一声牛儿，牛儿踏近一个坟的高头。

附：

无题之五（二）

二

第二天小林自己牵了牛儿往史家庄去，下得坝来，知道要循哪一条路走，——似乎有人喊他……

真的，是史家奶奶。

他想不到这样出乎意外的到了，并没有听清史家奶奶的话，远远的只管说——

"我妈妈叫我牵来的。它一早起来就叫，嘛——又不吃草。妈妈说：'今天天阴，不晒人，你自己牵去罢，牵到奶奶家去，交给三哑叔。'"

婆婆不消说高兴的了不得，小林来了，何况是病后。而小林——仿佛史家庄他来得太多，当他一面走路，一面想，牵牛，这个理由充不充足？所以他的步子开得很慢，几乎是画之字，时时又盼一盼牛。牛大约也懂得这意思，要下坝，两个平排的，临着绿野，站了一会。

自然，这因为史家庄现在在他的心上是怎样一个地方，——妈妈也的确吩咐他来。

婆婆走近他的面前了——

"是的，牲口也怕生。来得好，病都好了吗？我看长得很好。"牵牛的绳子从小林的手上接过来，又说：

"来，跟我来，松树脚下，琴子妹妹也在那里。"

琴子妹妹——小林望得见了。

松树脚下就在那头的坝脚下，这么叫，很明白，因了一棵松树。

我们可以想象这松树的古老：史家奶奶今年近七十岁，很年青的时候，便是这样不待思索的听大家说，又说给别人听，而且松树同此刻也不见得有怎样的不同，——它从不能特别的惹起史家奶奶的留意；还有，去看那碑铭，——这里我得申明，松树脚下是史家庄的坟地，有一个碑，叫琴子来称呼要称高祖的，碑铭是死者自撰，已经提到松树，借了李白的两句——

"蟪蛄啼青松，安见此树老？"

如果从远处望，松树也并不看见，它曲而不高，同许多树合成一个绿林，于稻田之中很容易识别。我们以下坝进庄的大路为标准，未尽的坝直绕到屋后，在路左，坟地正面是路，走在路上，坟，颇多的，才不为树所遮掩。

像这阴天，真为坟地生色，不是琴子，小林见了松树要爬上去，——不是小林，琴子也要稀奇，牛儿今天又回来了！

总之，羞涩——还是欢喜呢？完全占据了这两个小人物。

"琴儿，你看，小林哥哥把牛牵到这来了。"

"我不晓得那替我挛的人在哪一块。"

"是的，一会儿我叫三哑叔牵去。坐下歇一歇。"

小林坐下坟前草地。琴子本来是坐着的。

"琴儿，无论来了什么客，见了面要问好，——问小林哥哥好，除了小林哥哥再没有别的哥哥了。"

"小林哥好。"

"妹妹好。"

小小的琴子这时实在觉到自己的孤零了。小林——他几乎掉眼泪，也实在可怜这么一个琴子妹妹，琴子妹妹是没有妈妈的，连牛儿在他家住一天也不断的叫它的妈妈！

婆婆让牛在一旁，挨近他们两个坐。

小林终于看松树。

"那是松树吗？松树怎么这么盘了又盘？"

琴子好笑，盘了又盘就不是松树！但她不答。婆婆道：

"你没有见过这么的松树吗？"

"我在我父亲的画帖上见过，我以为那只是画的。"

"画的多是有的。"

婆婆不觉心伤了。慢慢又一句：

"今天是琴子妈的忌日，才烧了香，林儿，你也上前去作一作揖。"

小林伸起腰来，预备前去，突然眉毛一扬，问：

"哪一个呢？"

真的，哪一个呢？婆婆到底是老人，有点麻糊。

琴子已经指给小林看了——

"这个。"

说声作揖,小林简直是欢喜,好玩的事。跪下去,一揖,想起了什么似的又掉头——

"奶奶,是不是五霸者三王之罪人也的那个罪字?"

他的样子实在好笑,琴子忍不住真笑了。婆婆也摸不着头脑。

他是问忌日的忌,——忌日对于他是一个新名词。

"啊,不是,是百无禁忌的忌。"

小林又想:"忌日,什么叫做忌日?是不是就是生日?"

他却不再问了,连忙爬起来,喝一声牛儿,——

牛儿踏近一个坟的高头。

习　字

　　史家奶奶留他多住几天再回去,而且他在这里做起先生来了。
　　奶奶说:
　　"你就教琴子读书。"
　　琴子好久没有读书,庄上的家塾她不喜欢去。小林教她,自然是绰然有余的。
　　琴子先在客房里,小林走进去——
　　"奶奶叫我教你读书。"
　　琴子不理会似的,心里是非常之喜。
　　小林笑:
　　"有朋自远方来,不亦乐乎?"
　　"哈哈哈。"
　　史家奶奶从外笑。
　　"你们笑我,我不读!"
　　这把小林吓了一跳,他此时已经坐下了椅子,面前一个方桌,完全是先生模样。
　　"不是笑你。"轻轻的望着琴子说。
　　"我喜欢习字。"
　　"好,我写一个印本,你照我的写。"
　　什么"印本"呢?上大人,不稀罕;百家姓,姓赵的偏偏放在第一,他也不高兴。想起了一个好的,连忙对琴子道:
　　"你磨墨!"
　　琴子磨了墨,他又道:

习 字

"你把眼睛闭住。"

"不——你涂墨我脸上！"

"你真糊涂！涂墨你脸上那怎么好看呢？我替你写一个好印本，要写起了才让你看。"

"我不看，你写。"

小林写的是：

　　一去二三里
　　烟村四五家
　　楼台六七座
　　八九十枝花

琴子看——

"哈，一，二，三，四，五，六，七，八，九，十——都有。"说一个手点一个。

小林又瞥见壁上的一横幅小画，仿照那画的款式在纸的末端添这几个小字：

　　程小林写意

琴子看着道：

"这是做什么呢？"

"我的名字。"

"我的印本怎么写你的名字呢？要写学生史琴子用心端正习字。"

他还要在空缝里写，一个"我"字，指着叫琴子认。

"这个字也不认得？我字。"

"我再写一个。"

说他再写一个，写了一笔却不写了，对了琴子看。连忙又写，写了一个"你"字，写得非常小，像一个小蚂蚁。

"写这么小。"

琴子说他写这么小。

于是又快快的写得一个，一个"爱"字，写起了又一笔涂了，羞得脸都红了。

"你把我的印本涂坏了。"

琴子惘然的说。

这时奶奶走进来了，拿起印本看，忍不住笑——

"这四句改成画，那才真是一个通先生。"

小林也站起来，眼巴巴的望那一朵墨，看那字涂没有涂掉。

"琴子，你在学里读什么书呢？"

"读《大学》。"

"《大学》读到什么地方呢？"

"一本书只剩了几页，我读到那几个难字就没有读下去。"

"难字——我猜得着，鼋鼍蛟龙是不是？"

"是的。"

"那要说《中庸》，不是《大学》。"奶奶说。

"这几个字真难，我们从前也是一样，——你倘若讲得来，你还怕哩，鼋鼍蛟龙，吓得死人的东西！"

"是的，我见了那字就害怕。"

"可是我有一回做文章，说天地是多么大，多么长久，抄了这里几句，日月星辰，天覆地载，载华岳而不重，振河海而不泄，得了先生许多圈圈。"

琴子莫名其妙，史家奶奶，当小林流水一般的说，望着他——

"孩子呵——"

声音很低，接着又没有别的。慢慢的叫两人出去玩，道：

"今天就这样放学罢，出去凉快。"

附：

无题之六（一）

一

小林真要感谢他是病后，史家奶奶留他多住几天再回去，而且他在这里做起先生来了。

婆婆说：

"你就教琴子读书。"

琴子好久没有读书，因为庄上的私塾她不肯去。小林教她，自然是绰然有余的。

琴子先在客房里，小林走进去。

"奶奶叫我教你读书。"

琴子不理会似的，心里是非常之喜。

小林笑：

"有朋自远方来，不亦乐乎？"

"哈哈哈。"婆婆从外笑。

"你们笑我，我不读！"

这把小林吓了一跳，——他此时已经坐下了椅子，面前一个方桌，完全是先生模样。

"不是笑你。"轻轻地望着琴子说。

琴子倒真笑起这么可怜的先生了。

"我要学写字。"

"我写一张，你映我的写。"

"好。"

什么映本呢？"上古大人"，不稀罕；百家姓，姓赵的偏偏放在第一，也不高兴。想起了一个好的，连忙对琴子道：

"磨墨磨墨！"

琴子磨了墨，他又道：

桥

"眼睛闭住!"

"不,——你涂墨我脸上?"

"你真糊涂!涂墨你脸上那怎么好看呢?我替你写一个好映本,要写起了才让你看。"

"我不看,你写。"

小林写的是:

一去二三里,
烟村四五家,
楼台六七座,
八九十枝花。

琴子看——

"哈,一,二,三,四,五,六,七,八,九,十,——都有。"说一个手点一个。

小林又瞥见壁上的一横幅小画,仿照那款式在纸的末端添这几个小字:"程小林写意"。

"这是做什么呢?"

"我的名字"。

"我的映本怎么写你的名字呢?要写'学生史琴子用心端正习字'。"

他还要在空缝里写,指着叫琴子认。

"忧字。"琴子说。

"这怎么是忧字?"

"不是忧字是什么?你叫奶来认——"

琴子话没有说完,不觉脸红了,——小林瞪着眼睛看她。

是爱字,然而也难怪琴子错认了,草写的,本像忧字,她又立在小林的对面。

一个字成了一点墨,小林一笔涂了。

"你把我的映本涂坏了!"

婆婆听了他们争,进来了,拿着映本看,忍不住笑——

"好,好,——这四句改成画,那才真是一个通先生。"

小林也站起来,眼巴巴的望那点墨,看字涂没有涂掉。

"琴子,你在学里读什么书呢?"

"读《大学》。"

"《大学》读完了吗?"

"一本书只剩了几页,我读到那几个难字就没有读下去。"

"难字,——我猜得着,鼋鼍蛟龙是不是?"

"是的。"

"那要说《中庸》,不是《大学》。"婆婆说。

"这几个字真难,我们从前也是一样,——你倘若讲得来,你还怕哩,鼋鼍蛟龙,吓得死人的东西。"

"真的,我见了那字就有点怕。"

"可是我有一回做文章,说天地是多么大,多么长久,抄了这里几句,日月星辰,天覆地载,载华岳而不重,振河海而不泄,得了许多圈圈。"

琴子自然是莫明其妙,而婆婆,当小林流水一般的说,望着他——

"儿呵——"

声音很低,接着又没有别的,慢慢的道:

"今天就这样放学罢,出去乘凉。"

花

灯下，自己躺着打滚，别人围着坐，谈故事自然更好，——这大概孩子们都是喜欢的罢。

小林现在便是在这个欢喜之下。

只可惜三哑跑去睡觉去了，史家奶奶又老是坐在椅子上栽瞌睡。还有琴子，但她不说话，靠着灯扎纸船。

小林望天花板，望粉墙，望琴子散了的头发。

"哈哈哈，你看！"

"看什么？"琴子掉过头来问。

小林伸了指头在那里指，琴子的影子。

"呀，我怕。"

"你自己的影子也怕？"

影子比她自己大得多多。

琴子仿佛今天才看见影子似的，看，渐渐觉得好玩，伸手，把船也映出来，比起自己算是一个老鼠。

"你坐在你的船上，你会沉到水里去！"

这时他也映在墙上了，一站站起来了。

"你笑它也笑。"

琴子看着小林的影子说。

"我哭它也哭。"

他又装一个哭脸。奶奶突然睁开眼，慌忙着一句——

"唔，哭什么？好好的玩。"

"哈哈哈，我们是在这里玩哩。"

奶奶又栽了下去。

"你看奶奶的影子,——奶奶的白辫子同你的黑辫子一样是黑的。"

"你真是胡叫,要我的才叫辫子。"

琴子看着奶奶的白发,惘然的说。

"你走开,我替你掉一个,看你认不认得。"

琴子就掉到灯的那边去了,一看墙上没有她,拍手一叫道:

"不见了。"

"你看那边墙上。"

"你真掉了,比先前小得多哩。"

"哈哈哈,——你到这里来,我再替你掉一个。"

他叫琴子到他的面前来,他站在灯面前。琴子道:

"我不玩,我要困,——你当我真不知道,你把灯挡住了,我哪里还有影子呢?"

一面说,一面拿手揩眼睛,要困。

"我同你说正经话,昨天夜里我听见鸡叫,今天我不睡,听听哪一个鸡先叫。"

"鸡叫,鸡天天夜里叫。"

"我在我家里总没有听见。"

"夜里还有夜火虫,你在你家看见吗?我们坂里非常之多。"

"夜火虫,我们常常捉夜火虫玩哩。"

"还有一样东西,别个看不见,它也能够亮,——你猜是什么东西?"

小林使劲的答:

"鬼火!"

琴子又怕了,两手一振。

"不要吓我,——我是说猫,猫的眼睛。"

"我看花也是夜里亮的。"

"你又哄我,花怎么会亮呢?"

"真的,不是哄你,我家的玫瑰花,头一天晚上我看它,还是一个绿苞苞,第二天清早,它全红了,不是夜里红的吗?所以我说花也是夜里亮的。不过我们睡觉去了,不知道。"

"我们不睡觉,也看它不见。"

"它总红了。"

但无论如何是不能服琴子之心的。

"今天我真不睡,这许多东西都不睡觉。"

"你不睡,你就坐在这里,叫影子陪——"

琴子话没有说完,瓦上猫打架,连小林也怕起来了。

史家奶奶醒了,抬头见了两个小人儿面面相觑。

附:

无题之三(2)

2. 此章就题之曰夜罢

(同前章并非相接)

灯下,自己躺着打滚,别人围着坐,谈故事自然更好,——这大概孩子们都是喜欢的罢。

小林现在便是这样。

只可惜三哑跑去睡觉去了,史家奶奶又老是坐在椅子上打瞌睡。还有琴子,但她不说话,靠着灯扎纸船。

小林望天花板,望粉墙,望琴子散了的头发。

"哈哈哈,你看!"

"看什么?"琴子掉过头来问。

小林伸了指头在那里指。

"呀,我怕。"

"你自己的影子也怕!?"

影子比她自己大得多多。

琴子仿佛今天才看见影子似的,看,渐渐觉得好玩,伸手,把船也映出来,比起自己算是一个老鼠。

"你坐在你的船上,你会沉到水里去!"

小林也翻起来一齐映在墙上。

"你的影子不像你,你笑它没有笑。"

"你看你的影子笑不笑!"

琴子真笑了——

"真的,影子不笑。"

"你哭它也不哭哩!"

婆婆突然张开眼睛——

"唔,哭什么?好好的玩。"

"哈哈哈,我们是在这里玩哩。"

婆婆立刻又弯了下去。

"你看奶奶的影子,——奶奶的白辫子同你的黑辫子一样是黑的。"

"奶奶的怎么叫辫子呢?你真是胡叫。我的才叫辫子。——我们到底是小孩子,影子也是小孩子。"

"你走开,我替你掉一个,看你认不认得你这小孩子。"

"好。"

琴子走到灯的那边。

"嚞,影子不见了!"

小林笑——

"那旁墙上。"

"你真掉了,比先前小得多哩。"

"哈哈哈,——你上床睡下去,我再掉一个。"

"你睡下去,我替你掉一个!——哈哈哈,你当我真不知道,你不站在这里,哪里还有影子呢?"

婆婆在那里呼噜呼噜。

"奶！奶！不要睡！"琴子说。

"不，没有睡，你们说，我都听见。"

"听见，听见些什么？"

"听见我们哭！"

"哈哈哈。"

两人一齐笑。

"琴子，我同你说正经话，昨天夜里我听见鸡叫，今天我不睡，听听哪一个鸡先叫。"

"你不睡，我也不睡，——鸡叫，鸡天天夜里叫。"

"可是我在我家里总没有听见。"

"夜里还有夜火虫，你在家看见么？我们坂里非常之多。"

"我们常常捉夜火虫玩哩，那也没有看见！"

"还有一样东西，别个看不见，它也能够亮，——你猜是什么东西？"

小林使劲的答：

"鬼火！"

琴子又怕了，两手一振。

"不要吓我，——我是说猫，猫的眼睛。"

"我看花也是夜里亮的。"

"你又哄我，花怎么会亮呢？"

"真的，不是哄你，我家的玫瑰花，头一天晚上我看它，还是一个绿苞子，第二天清早，它全红了，不是夜里红的吗？所以我说花也是夜里亮的，不过我们睡觉去了，不知道。"

"我们不睡觉，也看它不见。"

"它总红了。"

但无论如何是不能服琴子之心的。

"琴子，今天我真不睡，——这许多的东西都不睡觉。"

"你不睡,你就坐在这里,叫影子陪——"
窗外的猫打架!
连小林也怕起来了。
婆婆醒了,抬头——
两个小人儿几乎缩成一团,面面相觑。

"送路灯"

小林只不过那么说,他不睡觉,然而在睡觉之前,又跑到大门口玩了一趟。邻近村上一个人家送路灯,要经过史家庄坝上,他同琴子拉着奶奶引他们去。

"昨天,前天——今天是最后一个晚上哩,明天没有了。"琴子这么说。

"送路灯"者,比如你家今天死了人,接连三天晚上,所有你的亲戚朋友都提着灯笼来,然后一人裹一白头巾——穿"孝衣"那就现得你更阔绰,点起灯笼排成队伍走,走到你所属的那一"村"的村庙,烧了香,回头喝酒而散。这所谓"村",当然不是村庄之村,而是村庙之简称,沿用了来,即在街上,也是一样叫法。村庙是不是专为这而设,我不得而知,但每数村或数条街公共有一个,那是的确的。

倘若死者是小孩,随时自然可来吊问,却用不着晚上提灯笼来,因为小孩仿佛是飞了去,不"投村"。

那么,送路灯的用意无非是替死者留一道光明,以便投村。

村庙其实就是土地庙。何以要投土地庙?史家奶奶这样解释小林听:土地神等于地保,死者离开这边而到那边去,首先要向他登记一下。

"死了还要自己写自己的名字,那是多么可怜的事!"小林说。

但三哑前天也告诉了琴子,同史家奶奶说的又不同。琴子道:

"三哑叔说是,死人,漆黑的,叫他往哪里走起?所以他到村庙里歇一歇,叫土地菩萨引他去。"

"我怕他是舍不得死,到村庙里躲一躲!哈哈。——那土地菩萨,一大堆白胡子,庙又不像别的庙,同你们的牛栏那么大,里面住的有叫化子,我一个人总不敢进去。"

史家奶奶预备喝小林,说他不该那么说,而琴子连忙一句:

"你到村庙里去过吗?"

说的时候面孔凑近小林,很奇怪似的。

奶奶的声音很大——

"不要胡说。"

"真的,奶奶,我家隔壁就是一个村庙,我时常邀许多人进去玩,打钟,我喜欢打钟玩。"

琴子更奇怪,街上也有村庙!

"我那个村庙里那个叫化子,住了好几年。"

"他不害怕吗?"

"害怕又有什么办法?自己没有房子住,只好同鬼住!"

说得琴子害怕起来了。

"嗳哟,人死了真可怜,投村!倘若有两个熟人一天死了倒好,一路进去,——两人见面该不哭罢?"

他说着自己问自己。忽然抬头问奶奶——

"奶奶,叫化子死了怎么投村呢?他家里不也有一个村庙吗?他又住在这个庙里。"

这叫史家奶奶不好答覆了。他们已经走出了大门,望见坝上的灯,小林喝采:

"啊呀!"

史家庄出来看的不只他们三人,都在那里说话。在小林,不但说话人的面孔看不见,声音也生疏得很,偏了一偏头,又向坝上望。

这真可以说是隔岸观火,坂里虽然有塘,而同稻田分不出来,共成了一片黑,倘若是一个大湖,也不过如此罢?萤火满坂是,正如水底的天上的星。时而一条条的仿佛是金蛇远远出现,是灯笼的光映在水田。可是没有声响，除了蛙叫。那边大队的人，不是打仗的兵要衔枚，自然也同这边一样免不了说话，但不听见，同在一边的，说几句，在夜里也不能算是什么。

其实是心里知道一人提一灯笼，看得见的，既不是人，也不是灯，是比萤火大的光，沿着一条线动，——说是一条线，不对，点点的光而高下不齐。不消说，提灯者有大人，有小孩，有高的，也有矮的。

这样的送路灯，小林是初见，使得他不则声。他还有点怕，当那灯光走得近，偶然现一现提灯者的脚在那里动，同时也看得见白衣的一角。他简直想起了鬼，鬼没有头！他在自己街上看送路灯，是多么热闹的事，大半的人他都认识，提着灯笼望他笑，他呼他们的名字，有他的孩子朋友杂在里面算是一员，跑出队，扬灯笼他看，谈笑一阵再走。然而他此时只是不自觉的心中添了这么一个分别，依然是望着一点点的光慢慢移动，沿一定的方向，——一定，自然不是就他来说，他要灯动到哪里，才是走到了哪里。

"完了！没有了！"

最后他望着黑暗，怅然的说。

"到树林那边去了。"琴子说。

许许多多的火聚成了一个光，照出了树林，照出了绿坡，坡上小小一个白庙，——不照它，它也在这块，琴子想告诉小林的正是如此。

附：

无题之六（二）

二

小林只不过那么说，他不睡觉，然而在睡觉之前，又跑到大门口玩了一趟。邻近村上一个人家送路灯，要经过史家庄坝上，他同琴子拉着婆婆引他们去。

"昨天，前天，——今天是最后一个晚上哩，明天没有了。"琴子这么说。

送路灯者，比如你家今天死了人，接连三天晚上，所有你的亲戚朋友都提着灯笼来，然后一人裹一白头巾，——穿"孝衣"那就现得你更阔绰，点起灯笼排成队伍走，走到你所属的那一"村"的村庙，烧了香，回头喝酒而散。这所谓"村"，当然不是村庄之村，而是村庙之简称，沿用了来，即在街上，也是一样叫法。村庙是不是专为这而设，我不得而知，但每数村或数条街公共有一个，那是的确的。

倘若死者是小孩，随时自然可来吊问，却用不着晚上提灯笼来，因为小孩是天使，不"投村"。

那么，送路灯的用意无非是替死者留一道光明，以便投村。

村庙其实就是土地庙。何以要投土地庙？史家奶奶这样解释给小林听：土地神等于地保，死者离开这边而到那边去，首先要向他签一个名。

"死了还要自己写名字，那是多么可怜的事！"小林说。

但三哑昨天告诉了琴子，同婆婆又不同。

"奶，三哑叔说是，死人，漆黑的，叫他往哪里走呢？他又是一个生人——"

小林打断琴子的话——

"才说他是死人，又说他是一个生人！"

"怎么不生呢？他刚刚死，什么也不清楚。"

"那要说生鬼，——好好，你说。"

"所以他到村庙里歇一歇，土地菩萨引他去。"

"我怕他是舍不得死，到村庙里躲一躲！哈哈，——那土菩萨，一大堆白胡子，庙又不像别的庙，同你们的牛栏那么大，里面住的有叫化子，我一个人总怕进去的。"

婆婆预备喝小林,说他不该那么说,而琴子连忙一句:

"你到村庙里玩过吗?"

说的时候面孔凑近小林,很奇怪似的。

婆婆的声音很大——

"不要胡说!"

"真的,奶奶,我家隔壁就是一个村庙,我时常邀许多人进去玩,看叫化子。"

婆婆真是又好笑,只得让他们去说。琴子更奇怪,街上也有村庙!

"叫化子不怕鬼吗?"

"怕鬼又有什么办法?连饭也没得吃,哪里还有房子住?只好同鬼住。"

"同鬼住!——哈哈哈。"

笑是两人的声音。

"嗳哟,人死了真可怜,投村!倘若有两个熟人一天死了倒好,一路进去,——两人见面该不哭罢?"

小林说着,自己问自己。忽然抬头,问婆婆:

"奶奶,叫化子死了怎么投村呢?他家里不也有一个村庙吗?他又住在这庙里。"

这叫史家奶奶不好答覆了。他们已经走出了大门,望见坝上的灯,小林喝采:

"啊呀!"

史家庄出来看的不只他们三人。

"他家有钱嘞,提一个灯笼去,带一件孝衣转。"

"灯笼真不少!"

"亲戚朋友多嘞。"

在小林,不但说话人的面孔看不见,声音也生疏得很,偏了一偏头,又向坝上望。

"送路灯"

  这真可以说是隔岸观火,坂里虽然有塘,而同稻田分不出来,共成了一片黑,倘若是一个大湖,也不过如此罢?萤火满坂是,不正如水底的天上的星吗?时而一条条的仿佛是金蛇远远出现,是灯笼的光映在水田。可是没有声响,除了蛙叫。那边大队的人,不是打仗的兵要衔枚,自然也同这边一样免不了说话,但不听见;同在一边的,说几句,在夜里也不能算是什么。

  其实是心里知道一人提一个灯笼,看得见的,既不是人,也不是灯,是比萤火大的光,沿着一条线动,——说是一条线,不合式,点点的光而高下不齐。不消说提灯者有大人小孩,而大人也有长子矮子。

  这样的送路灯,小林是初见,使得他不作声。他还有点怕,当那灯光走得近,偶然现一现提灯者的脚在那里动,同时也看得见白衣的一角。他简直想起了鬼,——鬼没有头!他在自己街上看送路灯,是多么热闹的事,大半的人他都认识,提着灯笼望他笑,他也呼他们的名字:有他的孩子朋友杂在里面算是一员,跑出队,扬灯笼他看,谈笑一阵再走。然而他此时只是不自觉的心中添了这么一个分别,依然是望着一点点的光慢慢移动,朝一定的方向,——一定,自然不是就他来说,他要灯动到哪里,才是走到了哪里。

  "呀,完了!"

  灯光一个一个的少,没有了,他这么说。

  "到树林那边去了。"琴子说。

  许许多多的火聚成了一个光,照出了树林,照出了绿坡,坡上小小一个白庙,——不照它,它也在这块,琴子想告诉小林的正是如此。

瞳 人

小林睁开眼睛，窗外射进了红日头，又是一天的清早。昨夜的事，远远的，但他知道是昨夜。

只有琴子还在那一个床上睡着，奶奶早已起来上园摘菜去了。

琴子的辫子蓬得什么似的，一眼就看见。昨天上床的时候，他明明的看了她，哪里是这样？除了这一个蓬松的辫子，他还看得见她一双赤脚，一直赤到膝头。

琴子偏向里边睡，那边是墙。

小林坐起来，揩一揩眼矢。倘若在家里，哪怕是他的姐姐，他一定翻下床，去抓她的脚板，或者在膝头上画字。现在，他的心是无量的大，既没有一个分明的界，似乎又空空的，——谁能在它上面画出一点说这是小林此刻意念之所限呢？

琴子的辫子是一个秘密之林，牵起他一切，而他又管不住这一切。

"琴子你醒来！"他仿佛是这样说。琴子如果立刻醒来了，而且是他叫醒的，恐怕他兀的一声哭罢，因为琴子的一睁眼会在他的心上落定了。

什么地方郭公鸟儿叫："郭公郭公！郭公郭公！"这一叫倒叫醒了他，不，简直救了他，使得他说："让你一个人睡，我到河里去看郭公。"他刚刚翻到床下，记起昨夜里他还做了一个梦，自言自语道："我还做了一个梦！"这时琴子一掉掉过身来了，眼睛是半睁开的。

"起来，我告诉你听，昨夜我做了一个梦。"

琴子慢慢一句：

"清早起来就说梦，吃饭我砸了碗，怪你！"

"我不信那些话，我在我家里，一做了梦，起来就告诉我的姐姐，总没有见她砸过碗。"

小林是梦见"活无常"。活无常，虽是他同他的同学们谈话的好材料，而昨夜的梦见当是因了瞥见送路灯的白衣。活无常是穿白衣的，面孔也涂得粉白，眉毛则较之我们平常人格外黑。映在小林的脑里最深的，还不是城隍庙东岳庙的活无常，那虽然更大，却不白的多，是古旧的，甚且有蜘蛛在他高高的纸帽上做网。七月半"放猖"，人扮的活无常，真白，脚蹬草鞋，所以跟着大家走路他别无声响，——小林因此想到他也不说话。是的，不准他说话。

据说真的活无常，倘若在夜里碰见了，可以抱他。他貌异而心则善，因为他前世是一个孝子，抱他要他把路上的石子称作金子。不知怎的，小林时常觉得他要碰见活无常，一动念俨然是已经碰见了，在城外的洲上。何以必在城外的洲上？这可很难说。大概洲上于他最熟，他所住的世界里又是一个最空旷的地方，容易出鬼。至于称石作金，则每每是等到意识出来了，他并没有碰见活无常，才记起。

他告诉琴子他梦见活无常，正是洲上碰见活无常的一个梦。

分明是梦，说是夜里，活无常却依然那么白，白得他害怕。不见天，不见地，真是夜的模样，而这夜连活无常的眉毛也不能遮住，几乎愈是漆黑，活无常愈是白得近来，眉毛也愈在白脸当中黑。同样，自己在洲上走，仿佛人人可以看得见。不过到底是夜里，不看见有人。尤其古怪的，当他钉眼望活无常的眉毛的时候——活无常是想说话罢，也就在这时猛然知道是做了一个梦。

小林唧唧咕咕的说，把琴子的眼睛说得那么大。琴子一听到活无常三个字，联想到的是称石作金，小林的梦里没有提到，她也慢慢的随着眼睛的张大而忘却了。

"这么一个梦。"

她惘然的说。起初说小林不该一早起来说梦,梦说完了又觉得完得太快似的。此时她已经从被褥上头移坐在床沿,双脚吊着。

小林站在她面前,眼睛落在她的赤脚,他简直想她去过河玩。她拿手揩眼矢,他抬头道:

"哭什么呢?"

琴子知道是说来玩的,笑了。

"你这样看我做什么?"

"我看你的瞳人。"

其实除非更凑近琴子的眼睛跟前,瞳人是看不见的。

附:

无题之十三

读者不知记得"无题之四"与"无题之六"否?这一章前接着无题六第二节,后接着无题四。倘若不惮烦,可翻本刊九三期与一零五期。

小林睁开眼睛,窗子外射进了红日头,——又是一天的清早。昨夜的事,远远的,但他知道是昨夜。

只有琴子还在那一个床上睡。奶奶呢,早已上园摘菜去了。

琴子的辫子蓬得什么似的,一眼就看见。昨天上床的时候,他明明的看了她,哪里是这样?除了这一个蓬松的辫子,他还看得见她一双赤脚,一直赤到膝头。

琴子偏向里边睡,那边是墙。

小林坐起来,揩一揩眼矢。倘若在家里,哪怕是他的姐姐,他一定翻下床,去抓她的脚板,或者在膝头上写字。现在,他的心是无量的大,既没有一个分明的界,似乎又空空的,——谁能在它上面画出一点说这是小林此刻意念之所限呢？

琴子的辫子是一个秘密之林，牵起他一切，而他又管不住这一切。

"琴子呵，你醒来！"他仿佛是这样说。琴子如果立刻醒来了，而且是他叫醒的，恐怕他兀的一声哭罢？因为琴子的一睁眼会在他的心上落定了。

"郭公郭公！

郭公郭公！"

什么地方郭公鸟儿叫。这一叫倒叫醒了他，不，简直救了他，使得他说："让你一个人睡，我去看郭公！"

"郭公郭公！"

他刚刚翻到床下——

"我还做了一个梦！"

琴子掉过来了，眼睛是半睁开的。

"起来，我告诉你听，昨天我做了一个梦。"

琴子慢慢一句：

"清早起来就说梦！吃饭我砸了碗，怪你！"

"你信那些话！我在家里，一做了梦，起来告诉我的姐姐，总没有看见她砸破碗。"

小林是梦见活无常。活无常，虽是他同他的同学们谈话的好材料，而昨夜的梦见，当是因了瞥见送路灯的白衣。活无常是穿白衣的，面孔也涂得粉白，眉毛则较之我们平常人格外黑。映在小林的脑里最深的，还不是城隍庙，东岳庙的活无常，——那虽然更大，却不白的多，是古旧的，甚且有蜘蛛在他高高的纸帽上做网。七月半"放猖"，人扮的活无常，真白，脚穿草鞋，所以跟着大家走他别无声响，——小林因此想到他也不说话。是的，活无常不说话。

据说真的活无常，倘若在夜里碰见了，可以去抱他。他貌异而心则善，抱他要他把路上的石子称作金子。不知怎的，小林时常觉得他要碰见活无常，——一动念俨然是已经碰见了，在城外的洲上。何以必在城外的洲上？这可很难说。大概洲上于他最熟，他所住的世界里又是一个最宽广的地方，容易出鬼。至于称石作金，则每每是等到意识出来了，他并没有碰见，才记起。

他告诉琴子他梦见活无常，正是洲上碰见活无常的一个梦。

分明是梦，说是夜里，活无常却依然那么白，白得他害怕。不见天，不见地，真是夜的模样，而这夜连活无常的眉毛也不能遮住，几乎愈是漆黑，活无常愈是白得近来，眉毛也愈在白脸当中黑。同样，自己在洲上走，仿佛人人可以看得见。不过到底是夜里，不看见有人。尤其古怪的。当钉眼望活无常的眉毛的时候——活无常是想说话罢，也就在这时候猛然知道是做了一个梦。

小林唧唧咕咕的说，把琴子的眼睛说得那么大。她一听到活无常这三个字，联想到的是称石作金，小林的梦里没有提到，她也慢慢的随着眼睛的张开而忘却了。

"这么一个梦。"

琴子惘然的说。起初说小林不该一早起来说梦，梦说完了又觉得完得太快似的。此时她已经从床被上移坐在床沿，双脚吊着。

小林就在她面前，眼睛落在她的赤脚。她拿手揩眼矢，他抬头道：

"哭什么呢？"

琴子知道是说来玩的，笑了。

"你这样看我做什么？"

"我看你的瞳子。"

其实除非更凑近琴子的眼睛跟前，瞳子是看不见的。

"郭公郭公！"

又是郭公鸟儿叫。

"郭公鸟儿叫我：'小林哥哥！'"

琴子真个学叫：

"小林哥哥！"

这一学是纯乎天籁。

碑

太阳远在西方,小林一个人旷野上走。

"这是什么地方呢?"

眼睛在那里转,吐出这几个声音。

他本是记起了琴子昨天晚上的话,偷偷的来找村庙,村庙没有看见,来到这么一个地方。

这虽然平平的,差不多一眼望不见尽头,地位却最高,他是走上了那斜坡才不意的收不住眼睛,而且暂时的立定了,——倘若从那一头来,也是一样,要上一个坡。一条白路长长而直,一个大原分成了两半,小林自然而然的走在中间,草上微风吹。

此刻别无行人,——也许坡下各有人,或者来,或者刚刚去,走的正是这条路,但小林不能看见,以他来分路之左右,是可以的。

那么西方是路左,一层一层的低下去,连太阳也不见得比他高几多。他仿佛是一眼把这一块大天地吞进去了,一点也不留连,——真的,吞进去了,将来多读几句书会在古人口中吐出,这正是一些唐诗的境界,"白水明田外","天边树若荠"。然则留连于路之右吗?是的,看了又看,不掉头,无数的山,山上又有许多的大石头。

其实山何曾是陡然而起?他一路而来,触目皆是。他也不是今天才看见,他知道这都叫做牛背山,平素在城上望见的,正是这个,不但望见牛背山上的野火,清早起来更望见过牛背山的日出。所以他这样看,恐怕还是那边的空旷使得他看罢,空旷上的太阳也在内。石头倒的确是特别的大,而且黑!石头怎么是黑的?又不是画的……这一迟疑，满山的石头都看出来了，都是黑的。树枝子也是黑的。山的绿，树叶子的绿，那自然是不能生问题。山顶的顶上有一个石头，惟它最高哩，挨了天，——上面什么动？一只鹞鹰！一动，飞在石头之上了，不，飞在天之间，打圈子。青青的天是远在山之上，黑的鹞鹰，黑的石头，都在其间。

一刹间随山为界偌大一片没有了那黑而高飞的东西了，石头又与天相接。

鹞鹰是飞到山的那边去了，他默默的相信。

"山上也有路！"

是说山之洼处一条小路。可见他没有见过山上的路，而一见知其为路。到底是山上的路，仿佛是动上去，并不是路上有人，路蜿蜒得很，忽而这儿出现，忽而又在那儿，事实上又从山脚出现到山顶。这路要到哪里才走？他问。自然只问一问就算了。然而他是何等的想上去走一走！此时倘若有人问他，做什么人最好，他一定毫不踌躇的答应是上这条路的人了。他设想桃花湾正是这山的那边，他有一个远房亲戚住在桃花湾，母亲说是一个山脚下。他可以到桃花湾，他可以走这条路。但他又明白这仅仅是一个设想似的，不怎样用力的想。

他没有想到立刻上去——是何故？我只能推测的说是有这么一个事实暗示着，太阳在那边，是要与夜相近，不等他上到高头，或者正上到高头，昏黑会袭在他的头上。

总之青山之上一条白道，要他仰止了。至于他是走在绿野当中大路上，简直忘却，——也真是被忘却，他的一切相知，无论是大人或小孩，谁能平白的添进此时这样的一个小林呢？倘若顷刻之间有人一路攀谈，谈话的当儿也许早已离开了这地方罢。

但是，一个人，一掉头，如落深坑，那边的山又使得这边的空旷更加空旷了，山上有路，空旷上有太阳。

依然慢慢的开步子，望前面，路还长得很哩，他几乎要哭了，窘——

"这到底是什么地方呢？"

突然停住了，远远路旁好像一只——不，是立着的什么碑。

多么可喜的发现，他跑。

见了碑很瞧不起似的——不是说不好看，一块麻石头，是看了碑上的四个大字：

阿弥陀佛

阿弥陀佛，谁也会念，时常到他家来的一个癞头尼姑见了他的母亲总是念。

他又有一点稀奇——

"就是这么'阿弥陀佛'。"

听惯了而今天才知道是这么写。

石碑在他的心上，正如在这地方一样，总算有了一个东西，两手把着碑头，看不起的字也尽尽的看。到了抬头，想到回去，他可怕了，对面坡上，刚才他望是很远，现在离碑比他所从来的那一方近得多，走来一个和尚。

他顿时想起了昨夜的梦，怪不得做了那么一个梦！

虽然是一天的近晚，究竟是白天，和尚的走来随着和尚的袍子的扩大填实了他，哪里还用得着相信真的是一个人来了？

未开言，和尚望他笑，他觉得他喜欢这个和尚。

最有趣的，和尚走近碑，正面而立，念一声阿弥陀佛，合十，深深的鞠一个躬，道袍撒在路上，拖到草边。

"小孩，你在这里做什么？"

"师父，你对这石头作揖做什么呢？"

两人的问差不多是同时。

"这石头——"

和尚不往下说了。这是所以镇压鬼的。相传此地白昼出鬼。

他又问：

"这一齐叫做什么地方呢？"

"这地方吗？——你是从哪里来的？"

"我从史家庄来。"

"那么你怎不知道这地方呢？这叫做放马场。"

放马场，小林放眼向这放马场问了。一听这三个字，他唤起了一匹一匹的白马。

马到这里来吃草倒实在好，然而很明白，这只是一个地名，马在县里同骆驼一样少，很小很小的时候他只在衙门口的马房里见过几匹。

他是怎样的怅惘，真叫他念马。

"小孩，你头上尽是汗。"

和尚拿他的袍袖替他扇。

"从前总一定放过的。"他暗地里说，以为从前这里总一定放过马的了。著者因此也想翻一翻县志，可惜手下无有，不知那里是否有一个说明？

"你回去吗？我们两人一路走。"

"师父往哪里去呢？"

"我就在关帝庙，离史家庄不远，——你知道吗？"

"不知道，——我找了一半天村庙没有找到。"

和尚好笑，这个孩子不会说话。

一句一句的谈，和尚知道了底细。村庙就在关帝庙之侧，不错，树林过去，如琴子所说，小林却也恰恰为树林所误了，另外一个树林过去，到放马场。

两个人慢慢与碑相远。

"师父，关公的刀后来又找着了，——我起初读到关公杀了的时候，很著急，他的马也不吃草死了，他的青龙偃月刀落到什么人手上去了呢？"

突然来这么一问，——问出来虽是突然，脑子里却不断的纠缠了一过，我们也很容易找出他的线索，关帝庙，于是而关公，关公的刀，和尚又是关公庙里的和尚。

和尚此刻的心事小林也猜不出呵，和尚曾经是一个戏子，会扮赵匡胤，会扮关云长，最后流落这关帝庙做和尚，在庙里便时常望着关公的通红的脸发笑，至今"靠菩萨吃饭"已经是十几年了。

"你倒把《三国演义》记得熟，——青龙偃月刀曾经落到我手上，你信吗？"和尚笑。

这个反而叫他不肯再说话了。和尚也不说下去。

他走在和尚前，和尚的道袍好比一阵云，遮得放马场一步一步的小，渐渐整个的摆在后面。

一到斜坡，他一口气跑下去。

跑下了而又掉头站住，和尚还正在下坡。

山是看得见的，太阳也依然在那块，比来时自然更要低些。

附：

无题之四

太阳远在西方，小林一个人旷野上走。

"这是什么地方呢？"

眼睛在那里转，吐出这几个声音。

他本是记起了琴子昨天晚上的话，偷偷的来找村庙，村庙没有看见，来到这么一个地方。

这虽然平平的，差不多一眼望不见尽头，地位却最高，他是走上了那斜坡才不意的收不住眼睛，而且暂时的立定了，——倘若从那一头来，也是一样，要上一个坡。一条白路就长长的对天而直，直到尽头斜下去。一个大原也就给他分成了两半，小林自然而然的走在中间，草上微风吹。

此刻别无行人，——也许坡下各有人，或者来，或者刚刚去，走的正是这条路，但小林不能看见，以他来分路之左右，是可以的。

那么西方是路左，一层一层的低下去，连太阳也不见得比他高几多。他仿佛是一眼把这一块大天地吞进去了，一点也不留连，——真的，吞进去了，将来多读几句书：会在古人的口中吐出，什么"白水明田外"，"天边树若荠"，……之类。然则留连于路之右吗？是的，看了又看，不掉头，无数的山！山上又有许多的大石头！

其实山何曾是陡然而起？他一路而来，触目皆是。他也不是今天才看见，他知道这都叫做牛背山，平素在城上望见的，正是这个，不但望见牛背山上的野火，清早起来更望见过牛背山的日出。所以他这样看，恐怕还是那边的空旷使得他看罢，——空旷上的太阳也在内。石头倒的确是特别的大，而且黑！石头怎么是黑的——又不是画的？这一迟疑，满山的石头都看出来了，都是黑的！树枝子也是黑的！山的绿，树叶子的绿，那自然是不能生问题。山顶的顶上有一个石头——最高，高出众山之上，与天相接，——上面什么动！——一只鹞鹰！一动，飞在石头之上了，不，飞在天之间，打圈子。青青的天是远在山之上，黑的鹞鹰，黑的石头，都在其间。

一刹间随山为界偌大一片天没有了那黑而高飞的东西了，——石头又与天相接。

鹞鹰是飞到山的那边去了，他默默的相信。

"山上也有路！"

是说山之洼处一条小路。可见他没有见过山上的路，而一见知其为路。到底是山上的路，仿佛是动上去，——并不是路上有人，路蜿蜒得很，忽而在这儿出现，忽而又在那儿，事实上又从山脚出现到山顶。这路要到哪里才走？他问。自然只问一问就算了。然而他是何等的想上去走一走！此时倘若有人问他，做什么人最好，他一定毫不踌躇的答应是上这条路的人了。他设想桃花湾正是这山的那边，他有一个远房的亲戚住在桃花湾，母亲说是山脚下。他可以到桃花湾！他可以走这条路！但他又明白这仅仅是一个设想似的，不怎样用力的想。

他没有想到立刻上去，——是何故？我只能推测的说是有这么一个事实暗示着：太阳在那边，是要与夜相近，不等他上到高头，或者正上到高头，昏黑会袭在他的头上。

总之，山管不住的绿，有这一条路，点破了，——更不如说绿到这里挤破了，叫人终于朝这来看。小林此刻实在是如此，并山而不见，只有路。至于他是走在绿野当中大路上，简直忘却，（也真是被忘却，他的一切相知，无论是大人或小孩，谁能平白的添进这样的小林？）倘若顷刻之间有人来同攀谈，谈话的当儿也许早已离开了这地方罢。

但是，一个人，一掉头，如落深坑——

那边的山又使得这边的空旷更加空旷了，山上有路，空旷上有太阳。

依然慢慢的开步子，望前面，路还长得很哩。他几乎要哭了，——自然，他不是哭路，小小的灵魂还当不起这样的一种剥蚀，只是窘——

"这到底是什么地方呢？"

突然停住了，远远路旁好像一只——不，是立着的什么碑。

多么可喜的发现，他跑。

很瞧不起似的，——不是说碑不好看，麻石的，是看了碑上的四个大字：

"阿弥陀佛"。

这四个字谁也会念，时常到他家来的一个癞头尼姑见了他的母亲总是念。

他又有一点稀奇——

"就是这么阿弥陀佛。"

听惯了而今天才知道是这么写。

石碑在他的心上，正如在这地方一样，总算有了一个东西，两手把着碑头，看不起的字也尽尽的看。到了抬头，想到回去，他可怕了——

对面坡上，刚才他望是很远，现在离碑比他所来的那一方近得多，走来一个和尚。

他顿时想起了昨夜的梦，——怪不得做了那么一个梦！

虽然是一天的近晚，究竟是白天，和尚的走来随着道袍的扩大填实了他，那么还用得着相信真的是一个人来了？

未开言，和尚望他笑，——他觉得喜欢这个和尚！

最有趣的，和尚走近碑，正面而立，念一声阿弥陀佛，合十，还弯了身子下去，道袍撒在路上，拖到草边。

"小孩，你在这里做什么？"

"师父，你对这石头作揖做什么呢？"

两人的问差不多是同时。

"石头——这是五祖寺的五祖菩萨当年走这里过休歇的地方。"

小林精神为之一振，五祖菩萨是一个了不得的菩萨，那么不要小看了这石头！他站起来了。

"这一齐叫做什么地方呢。"

"这地方吗？——你是从哪里来的？"

"我从史家庄来。"

"那么你怎不知道这地方呢？这叫做放马场。"

放马场！小林放眼向这放马场问了！——一听到这三个字，他唤起了一匹一匹的白马。

马到这来吃草倒实在好，然而很明白，这只是一个地名，马在县里同骆驼一样少，很小很小的时候衙门口的马房里见过几匹。

他是怎样的怅惘！真叫他念马！

"小孩，你头上尽是汗。"

和尚拿袖子替他扇。

"从前总放过的。"他暗地里说。幸而没有说出，说出了要太出乎和尚的不意，放马场这个名字当着一件事告诉人，和尚尚且是初次。他又幸而没有更进一步追究这"从前"，什么时代？距今多少年？和尚答不出，即如我，执笔的人，也答不出。我好久就想翻一翻县志，不知在那里能够得着说明否？

"你回去么？我们两人一路走。"

"师父到哪里去呢？"

"我就在关庙，离史家庄不远，——你知道么？"

"不知道，——我找了一半天村庙没有找到。"

和尚好笑，这个孩子不会说话。

一句一句的谈，和尚知道了底细。村庙就在关庙之侧，不错，树林过去，如琴子所说，小林却也恰恰为树林所误了，另外一个树林过去，到放马场。

两个人慢慢与碑相远。

"师父，你记得《三国》吗。关公的青龙偃月刀不是没有下落吗？"

突然来了这么一问，——问出来虽是突然，脑子里却不断的纠缠了一过。我们也很容易找出他的线索：关庙，于是而关公，关公的刀，和尚又是关公庙里的和尚。

和尚此刻的心事小林也猜不出呵，——和尚曾经是一个戏子，会扮赵匡胤，也会扮关云长，最后流落这关庙做和尚，在庙里便时常望着关公的通红的脸发笑，至今"靠菩萨吃饭"已经是十几年了。

"你倒把《三国演义》记得熟，——青龙偃月刀落到我的手上，你信吗？"和尚笑。

这个哪里会信，反而叫他不肯再问了，回一声笑。和尚也不说下去。

这样，小林又了却了一桩事。关公的刀，《三国演义》——似乎真的没有说明被谁拿了去？常是闯入他的思想。其实凡事倘若都这样"打破沙罐问到底"，岂独关公的刀而已哉？即如他所崇拜的英雄楚霸王的马，虽然经主人的手送了人，渡江而后，也不知下场，徒徒给李贺做了一个诗材。大概楚霸王的事只是先生择要讲一点他听，不重要的省掉了，不然放马场还应该首先联想到这一匹马？——嗳哟，这是我胡乱搭一搭题罢了，他哪里牵扯得许多，他现在想的是，他在这里认识了关庙的和尚，回去告诉琴子。若说项羽的马，他实知道，力拔山兮的歌他读过，骓不逝的骓是马之名，先生说。而且关公不也有赤兔马吗？——马字已经离开他好远。

他走在和尚前，和尚的道袍好比一阵云，遮得放马场一步一步的小，——快要整个的摆在道袍之后。

一到斜坡，他一口气跑下去。

跑下了而又掉头站住，和尚还在坡上走。

山是看得见的，太阳也依然在那块，——比来时自然更要低些。

下 篇

"第一的哭处"

在读者的眼前，这同以前所写的只隔着一页的空白，这个空白实代表了十年的光阴。

小林——已经不是"程小林之水壶"那个小林了，是走了几千里路又回到这"第一的哭处"。这五个字也是借他自己的，我曾经觅得的他的信札，有一封信，早年他写给他的姐姐，这样称呼生地。人生下地是哭的。

其实他现在的名字也不是小林，好在这没有关系，读者既然与"小林"熟了，依然用它。

他到了些什么地方，生活怎样，我们也并不是一无所知，但这个故事不必牵扯太多，从应该讲的讲起。我也曾起了一个好奇心，想知道他为什么忽然跑回这乡下来，因为他的学业似乎是中途而废了。这个其说不一。其实都是说话的人自己为主，好比一班赌博朋友，侥倖他是一位"公子王孙"，有财喜可寻，说他是丢了书不念，一夜输光了，逃回来。当然不足置信。然而我也折衷不出一个合理的说法，等待将来能够得到可靠的证明。

附：

无题之十一（一）

近来很是疲倦，"无题"不能继续往下写，只得回转头去抄一点来凑篇幅。太戈尔诗有云："流水唱道，'我得着我的歌唱，那时我得着我的自由'。"是的，我歌出来了，便是我踌躇满志的时候。所以这几日的生活不免是无聊呵。这样零细发表，我也有点不满足，因为我急于要把我的故事全个摆出来，那样读者或能够得到与我同一的印象，——这是不是我的梦呢？太戈尔又一首云："'我拼命的流为了我的欢喜。'奔流之水唱，'对于口渴的人一勺已经够了'。"我敢证明前半句是不错的。（原稿卷二首三章）

一九二七，五，十一

一

在读者的眼前，这同以前所写的只隔着不满一页的空白，这个空白实代表了七八年的光阴。

小林——已经不是"程小林之水壶"那个小林了，是走了几千里路又回到这"第一的哭处"。这里我用一个引号，因为这五个字是借他自己的，——说来很长，简单一句，我曾经觅得的他手写的信札，有一封信这样称呼生地。人生下地是哭的。

其实他现在的名字也不是小林，但这没有多大的关系罢，读者既然与"小林"熟了，依然用它。

他到了些什么地方，生活怎样，我都调查得清楚。我的故事不必牵扯太多，只从他在最后所到之处写给他的姐姐的一封信上抄一句：

"……这里是我的新书……"

这个引号是原来有的。

我得补一句：不像王毛儿，上了一两年学，回去替爸爸偷煤炭，小林终于是"读书之人"。

"这里是我的新书"，——即此已同"程小林之水壶不要动"迥然两个面目了。

在这"新书"当中，有一篇小小的文章是我此刻就要谈的。

题名Fire，是叙一个乡村晚间的失火。一个较大的孩子，名叫

Stephanakis，同一个小姑娘，Aspasia，一路到一个地方去躲避——这样反而麻烦得很，抄原文罢：

....

They took their way down, and arrived at their destination.As soon as they got inside, they hurried to the window to see a sight which they never could forget.The window looked in the direction opposite to the fire.They saw the sea and the hills beyond it, all illuminated.You might have thought that the day had already dawned, but for the stars.

The little lad was not very much discomposed; he rather enjoyed this unusual occurrence. But as for the girl, she was quite upset, and her heart bled.It was for a doll that her heart bled; she had lost it in some dark corner.What would become of poor dolly if their house should take fire, and who would save her? The child began to cry, and the boy could not get to sleep again; the gril's crying made him sorry.

All the others went to sleep.The boy got up, and said to his little neighbour: "I'll go and get your doll." And out he went, very quietly.By this time the fire had been got in hand; still it had not ceased to burn, and before long Stephanakis was close to the little girl's house, and there he stood in front of it, in the midst of all their goods and chattels.

"Aspasia's doll!" he said.

The girl's father turned round, and saw the boy with alarm.

"What do you want here？" said he.

The lad again asked for the doll.

"Here, take it, and be off, you imp, before your parents see you." said he, and pulled out of his pocket a home-made doll, with eyes, nose, and mouth, all drawn in ink, upon a lump of calico tied into a knot to make its face.

The child took the doll, and fled.

When she saw it, the little girl's face beamed with joy. She hugged her dolly, and went to sleep.

那著者接着这么说：

And now, how shall I explain it? Was it because of the doll's story? or was it some other reason? Anyhow, as a matter of fact, Stephanakis and Aspasia are now man and wife.

小林读了这一个故事，是怎样的欢喜入迷！他也时常喊什么厌世，叹什么"自古共悲辛"，那是无聊赖罢了，这故事——让我打一个比方，不亚于日本的什么仙人见了洗衣的女人露出来的腿子。

至于原因，当不用我说，读者自然记得，他同他的琴子正有类似的遭际。所不同的，他们的doll是金银花。而我著者呢，还要待些时才能这样说：

And now, how shall I explain it? ...

"且听下回分解"

小林在回家以前两三年，也时常接到琴子的信。摆在面前的是今日之字，所捉得住的则无论如何是昔日之人，一个小姑娘！这期间便增了无限的有趣，设想一旦碰见了……于是乎笑。

然而那一天从外方回来以后第一次从史家庄回来，一路之上，他简直感到一个"晚间的来客"了，觉得世上的事情都"奇"得很！其欢喜，真不是执笔的人所能为力了。我一语道破事实罢——

"我也会见了细竹，她叫我，我简直不认识。"

这就是事实，他一进门告诉他的母亲的话。

细竹——对于读者也唐突！她是什么一个人呢？这是很容易答覆的，有了那一个"她"字已经答覆了一半，在小林的记忆里是熟得忘记了的一个"小东西"，而一天之内，她竟在他的瞳孔里长大了，多么好看的一个大姑娘。

这个小东西真是与琴子相依为命，寝食常在一块，不相识的人看来要以为是姊妹，其实不过是同族。她比琴子小两岁，那时小两岁便有那样的差别，就是，同一个男孩子没有差别，以至于小林抹杀了她。

读者将问："请说小林同琴子的会见罢。"他们俩的会见只费一转眼，而这一转眼俨然是一"点睛"，点在各人久已画在心上的一条龙，龙到这时才真活了，再飞了也不要紧。

写到这里我只好套一句老话——

"且听下回分解。"

附：

无题之十一（二）（三）

二

小林在回家以前两三年，也时常接到琴子的信。摆在面前的是今日之字，所捉得住的则无论如何是昔日之人，一个小姑娘！这期间便增了无限的有趣。不知有多少次，设想一旦碰见了……于是乎笑。

笑在他的脸上光顾一光顾，心的底里却深深的住起了哭了，——上帝替可怜的琴子只留下一个祖母！若问他自己也没有爸爸，没有爸爸倒还是一个可骄的事似的。哭虽是哭——自然不一定要眼泪的哭，这哭又仿佛做了绿的叶子，恰恰是来衬托他的哭。

他说他是一个平凡的园丁，他要到他的"小园"里去栽培，去收获。

有时他又这样说："我觉得我是一个道地的地之子。"

三

这天晚上是小林从外方回来以后第一次从史家庄回来的晚上。

俄国的一位作者，灯光之下，坐在桌旁，听到有人敲门，因而写了《晚间的来客》。小林现在在灯光之下，他的桌上，打开这《晚间的来客》。

《晚间的来客》并不是今天才谋面，一个薄本子当中所占的几页纸也不能例外的已经成了褪色，今天又使得他想起来。读者如果读过这一篇文章，一定猜想他是想到了他同琴子间的偶然，——偶然，是的，不尽是。

我的生活的每一刻，都留下一个无心的……

读着，笑。

但立刻似乎又追寻这笑，听不到，触不着，而却可以不可思议的扩张前去，为黑夜所不能限。

《晚间的来客》终于是视而不见。

他的笑，完全是欢喜的笑，——那么我们说他根本不懂得这篇文章,《晚间的来客》哪里有叫你欢笑的余地？这样说是对的,——他平时又何尝不是深慨于这多么简单而吓人的真理呢？

然而他是欢喜的笑。他的眼睛放出来的原都是欢喜的光,以这光去射《晚间的来客》,恰如在这黑夜里走路,泰山在前而不能见。我一语道破事实罢——

"我也会见了细竹,她叫我,我简直不认识！"

这就是事实,他一进门告诉他的母亲的话。

细竹——对于读者也唐突,——哈哈哈,做文章也用得着《晚间的来客》所表示的真理,缺少了她,也许我就没有这么大的兴趣来写这一部故事哩。我郑重的提出这名字。

细竹是怎么一个人呢？那是很容易答覆的,有了那一个"她"字已经答覆了一半,在小林的记忆里是熟得忘记了的一个小东西——与其说熟得忘记了倒不如说是不成问题,而一天之内,说得苛刻确只"一刻",她竟在他的瞳孔里长大了,多么有趣的一个大姑娘。

这个"小东西"真是与琴子相依为命,寝食常在一块,不相识的人看来要以为是姊妹,其实不过是同族。她比琴子小两岁,那时小两岁便有那样的差别,就是,同一个男孩子没有差别,裤子不穿,夏天的太阳底下跑出跑进,以至于小林抹杀了她。

读者将问："请说小林同琴子的会见罢！"那么只怪我一管笔照顾不来,而且又急于要解释那笑,——那样解释了,我究竟有点不自首肯,心之波流有如流水,哪里有一个截得断的波说这是在那里推逐？何况我们的小林的心灵？那是百川汇合的海。倘若细竹百倍的有趣,恐怕正因为有他的琴子在里面。灯光之下首先浮现的确是细竹,然而这是应该有的赔偿,他抹杀了她。

但是我还没有切实的答覆读者的问。他们俩的会见只费一转眼,而这一转眼俨然是一"点睛",点在各人久已画在心上的一条龙,龙到这时才真活了,再飞了也不要紧。

写到这里我只好套一句老话——

且听下回分解。

灯

小林的归来，正当春天。蟪蛄不知春秋，春天对于他们或者没有用处，除此以外谁不说春光好呢？然而要说出小林的史家庄的春天，却实在是一件难事。幸而我还留下了他的一点点故事在前，——跟着时光退得远了罢，草只是绿，花只是香，它，从何而闻得着见得着呢？不然，天地之间到底曾经有过它，它简直不知在那里造化了此刻的史家庄！

何况人物里添了细竹。比如她最爱破口一声笑，笑完了本应该就了事，一个人的声音算得什么？在小林则有弥满于大空之概，远远的池岸一棵柳树都与这一笑有关系。

他能像史家庄的放牛的孩子一样连屋背后的草皮被人挖了一锄也认得出吗？自然是不能，史家庄还有许多好玩的地方他没有到过，就是琴子与细竹两人间有趣的生活，他喝的也不过是东海的一滴。但这无损于他的春天的美满，——反似乎更是美满得古怪！

接着浮上我的心头的，是史家庄的一个晚上。史家奶奶已经睡了，细竹跟着琴子在另一间房里，她突然想到要去看鬼火。看鬼火是三月三的事，今天还是二月二十六，她说："三月三有鬼火，今天我不信就没有，去！"琴子答应她，她赶忙点灯笼。琴子问：

"你做什么？"

"才答应我去，又问我做什么？"

"我问你这是做什么？"指着灯笼对她笑。

"不要亮怎么行呢？"

"看鬼火要亮？人家当你是一个鬼火哩！"

不要灯笼把奶奶的拐杖挂着走。

并不用走得远,打开后园的门,下坝河岸上就是看鬼火的最好的地方,三月三少不了有许多人来看。河在面前是不成问题的,有它而不看它,看也看不见,一直朝极东边望,倘若有鬼火一定在那里,那里尽是野坟。

细竹首先跨出门,首先看见今夜是这么黑,——然而也就这样在看不见之中拉回头了。

最使得她耐不住的,是话要到房里才能破口说。灯光又照见了她们的面孔,同时她也顿足一声:

"琴姐,你说我淘气,你倒真有点淘气!出去了为什么又转来呢?"

"那么漆黑的,你看怎么走得下去!"

鬼火没有看,拐杖倒丢在园里。是琴子拿着,关门的时候随手放下了。

"不要生气,我们再去。"琴子笑。

"去——去屙尿睡觉!"

"真的,奶奶的拐杖我忘了带进来,再一路去拿。"

琴子端了洋灯,走,细竹跟在后面。

出房小小的天井,灯光慢慢移动,细竹不觉很清新,看那洞黑里白白的墙渐渐展出。墙高而促,仰头望——一个壁虎正突见!

"琴姐!"

琴子走到了由天井进到另一间房的门框之下,探转头,——灯掉到那一边去了,壁虎又入于阴黑。

此时纷白的墙算是最白,除外只有她们两人的面孔。细竹的头发更特别现得黑而乱散,琴子拿灯直对她。

"来,站在那里做什么呢?"

她依然面着黑黑的一角不动。

"你来看!"

琴子举灯,依着那方向望,——灯光与眼光一齐落定壁角画的红山茶。

"这是我不如你,你还留心了这一朵花。"琴子顿时也很欢喜,轻轻的说。

"我哪里是叫你看这花呢?"

倒是琴子引起她来看这花了。等她再记起壁虎,琴子又转身走进了两步,把她也留在灯光以外。

"我见了一条蛇,你不看!"抢上前去说。

"你又在见鬼。"

"真的,一条蛇匐在墙上,你不信你拿灯去照。"

"我拿灯去照——我要到园里去照花你看。"

"不但是蛇,而且是虎,回头你再看。"

"你不用打谜儿,我猜得着。'阶前虎心善',真是老虎也吓不了我。"

"吓不了你,我写一个虎字就吓得你坏!大胆刚才就不该转来。"

说着进了园,两人一时都不则一声,——面前真是花!

"照花你看",琴子不过是见了壁上的花随便说来添趣,手上有一盏灯哪里还格外留心去记住呢?灯——就能见花,一点也不容你停留!白日这些花是看得何等的熟,而且刚才不正擦衣而过吗?及至此刻,则颇用得着惊心动魄四个字。

但这到底是平常不过的事,琴子一心又去拿拐杖,举灯照。细竹道:

"桃花真算得树,单有它高些。"

她虽也朝园门那里走,而偏头看。只有桃花最红,确也最高,还没有几多的叶子,暗空里真是欲燃模样。其余的绿叶当中开花,花不易见。

琴子拿起了拐杖。

"你看，几大的工夫就露湿了。"

"奶奶的拐杖见太阳多，怕只今天才见露水。"

"你这话叫人伤心。"

说的时候两人脑壳凑在一块。花径很窄，琴子递灯细竹，叫她先走。

琴子果然也注意桃花，进屋还得关一个小门，并不砰然一关，沉思的望，不禁忆起儿时听小林说，花在夜里红了，我们不晓得。

日 记

她们两人走进房来,灯放在桌上解衣睡觉。

琴子已经上了床,不过没有躺下去,披衣坐。细竹袜子也脱好了,忽然又拖着鞋审到桌子面前,把灯扭得一亮。

"你又发什么疯?"

细竹并不答,坐下去,一手弯在怀里抱住衣服,——钮扣都解散了,一手伸到那里动水瓶。

"我来写一个日记,把今夜我们两人的事都写下来,等程小林来叫他看。"

"我不管,受了凉就不要怪我。"琴子说,简直不拿眼睛去理会她。

"你这杨柳倒是替我摘来写字的。"

小小一条柳枝,黄昏时候,两人在河边玩,琴子特地摘回插在瓶里。她并不真是拿杨柳来写字,是用它蘸水磨墨,一面蘸,一面注视着砚池笑,觉得很好玩。

"你磨墨,我替你做了一句。"琴子转过头来望她一望,见她一言不发,故意打动她。

"真的吗?"

"寒壁画花开。"

"这是庾信的一句诗,哪里是你做的?——我正在想那壁上的花,这真算得一句。"

"你只会替人家磨墨。"

琴子这句话是双关,因为她会写字,过年写春联,细竹把庄上许多人家的纸都拿来要她写,自告奋勇磨墨。

"我也跟你一路胡闹起来了,——你再不睡,我就喊奶奶。"

琴子动手要吹灯,细竹才上床。但两人还是对坐而谈。

"我舍不得那一砚池好墨,——观世音的净水磨的!"

这又是笑琴子。琴子从小在镇上看赛会,有一套故事是观音洒净,就引起了很大的欢喜。今天摘杨柳回来,还写了这么两行:

    一叶杨柳便是天下之春
    南无观世音的净瓶

"可惜此刻还没有到放焰口的时候,不然就把南无观世音的净瓶端上台。"细竹又说。

"这有什么可笑呢?那我才真有点喜欢,教孩子们都来兜一兜我的杨柳水,——我可不要你来!"

这是还细竹一礼。七月半庄上放焰口,竖起一座高台,台上放一张桌子,桌子中间有一碗清水,和尚拿杨柳枝子向台前洒,孩子们都兜起衣来,争着沾一滴以为甘露。就在去年,细竹也还是抢上前去兜,惹得大家笑。

"我们真是十八扯,一夜过了春秋!"

琴子又说,伸腰到桌子跟前吹熄了灯。

她们自己是面而不见,史家庄的春之夜却不因此更要黑,当灯光照着她们刺刺不住,也不能从那里看出一点亮来。自然,天上的星除外。

棕 榈

"春眠不觉晓,处处闻啼鸟。"

细竹唱。未唱之先,仿佛河洲上的白鹭要飞的时候展一展翅膀,已经高高的伸一伸手告诉她要醒了。这个比方是很对的。不过倘若问细竹自己,她一定不肯承认,因为她时常在河边看见鹭鸶,那是多么宽旷的青天,碧水,白沙之间,他们睡觉的地方只是小小一间房子。她却没有想一想,她的手是那么随兴的朝上一伸,伸的时候何曾留心到她是在家里睡觉?更何曾记得头上有一个屋顶,屋顶之外才是青天?如果同夏天一样,屋子里睡得热又跑到天井外竹榻上去睡,清早醒来睁开眼睛就是青天,那才真觉得天上地下好不局促哩。

坐起来,看见琴子也睁开了眼睛,道:

"我怕你还在睡哩。"

琴子不但听见鸟啼,更听了细竹唱,她醒得很早,只要看一看她的眼睛便知她早已在春朝的颜色与声音之中了。她的眼睛是多么清澈,有如桃花潭的水,声响是没有声响,而桃花不能躲避它的红。

"那是哪一位,这么早就下了河?"细竹听了河边有人在那里捣衣,说。

"你这么时候醒来说这么时候早,——倘若听见的是鸡叫,鸡也叫得太早哩!"

细竹穿了衣走了。不过一会的工夫又走进来。她打开园门到外面望了一望。

"赶快起来梳头,好晴的天!"说着在那里解头发。

"六月天好,起来不用穿得衣服。"琴子穿衣,说。

"穿衣服还在其次,我喜欢大家都到坝上树脚下梳头。"

"你还没有在树脚下梳过头,去年你在城里过一个夏天,前年还是我替你打辫子。"

"我记得,你们坐在那里梳,我就想起了戏台上的鬼,大家都把头发那么披下来。"

"今年我来看你这个鬼!"

"我并不是骂人。现在我倒还有点讨厌我的头发。奈它不何,小孩子的时候,巴不得辫子一下就长大,跟你们一路做鬼。我记得,我坐着看你们梳,想天上突然起一阵风,把你们的头发吹乱了它,或者下一阵雨也好。"

"下雨倒真下过,大概就是去年,天很热,我起得很早,没有太阳,四房的二嫂子端了一乘竹榻先在那里梳,我也去,头发刚刚解散,下雨。"

"可惜我不在家,——那你不真要散了头发走回吗?"

"雨不大,树叶子又是那么密,不漏雨。"

"小孩子想的事格外印得深,就是现在我还总仿佛坝上许多树都是为我们梳头栽的,并不想到六月天到那里乘凉,只想要到那里梳头。"

"哈哈。"

琴子突然笑。

"你又想起了什么,这么笑?"

"你一句话提醒我一个好名字,我们平常说话不是叫头发叫头发林吗?——"

"我晓得,我晓得,真好!我们就称那树林曰头发林。"细竹连忙说。

"我说出来了你就'晓得'!"

她们此刻梳头是对着房内那后窗,靠窗放了一张桌子,窗外有一个长方形的小院，两棵棕榈树站在桌上可以探手得到。院墙那边就是河坝，棕榈树一半露在墙外。

小林到现在为止，还没有见过琴子细竹到"头发林"里披发，只见了两次她们披发于棕榈树之前。他曾对细竹说："你们的窗子内也应该长草，因为你们的头发拖得快要近地。"细竹笑他，说她们当不起他这样的崇拜。他更说："我几时引你们到高山上去挂发，教你们的头发成了人间的瀑布。"凑巧细竹那时同琴子为一件事争了好久，答道："那我可要怒发冲天！"小林说得这么豪放，或许是高歌以当泣罢。有时他一个人走在坝上，尽尽的望那棕榈树不做声，好像是想：棕榈树的叶子应该这样绿！还有，院墙有一日怕要如山崩地裂！——琴子与细竹的多少言语它不应该迸一个总回响吗？院墙到底是石头，不能因了她们的话而点头。

细竹是先梳，所以也先拿镜子照，两个镜子，一个举在发后，一个，自然在前，又用来照那镜子里的头发。

"你看，这里也是一个头发林。"

琴子知道她是指镜子里面返照出来的棕榈树。

这时坝上走着一个放牛的孩子，孩子骑在牛背。牛踏沙地响，她们两人没有听见，但忽然都抬头，因为棕榈树飒然一响——

那孩子顺手把树摇了一摇。

细竹只略为一惊，琴子的头发则正在扭成一绺，一时又都散了。细竹反而笑，她立刻跑出去，看是谁摇她们的树。

沙 滩

　　站在史家庄的田坂当中望史家庄,史家庄是一个"青"庄。三面都是坝,坝脚下竹林这里一簇,那里一簇。树则沿坝有,屋背后又格外的可以算得是茂林。草更不用说,除了踏出来的路只见它在那里绿。站在史家庄的坝上,史家庄被水包住了,而这水并不是一样的宽阔,也并不处处是靠着坝流。每家有一个后门上坝,在这里河流最深,河与坝间一带草地,是最好玩的地方,河岸尽是垂杨。迤西,河渐宽,草地连着沙滩,一架木桥,到王家湾,到老儿铺,史家庄的女人洗衣都在此。

　　天气好极了,吃了早饭,琴子下河洗衣。

　　琴子真是一个可爱的姑娘,什么人也喜欢她。小林常说她"老者安之,少者怀之",虽是笑话,却是真心的评语。沙滩上有不少的孩子在那里"拣河壳",见了他们的琴姐,围拢来,要替琴姐提衣篮。琴子笑道:

　　"你们去拣你们的河壳,回头来都数给我,一个河壳一个钱。"

　　"姐姐替我们扎一个风筝!"

　　他们望见远远的天上有风筝。

　　"扎风筝,你们要什么样的风筝呢?"

　　"扎一个蜈蚣到天上飞。"一个孩子说。

　　"蜈蚣扎起来太大,你们放不了,——就是你们许多一齐拉着线也拉不住它。"

　　琴子说着一眼看尽了他们。

　　"姐姐说扎什么就是什么。"

"我替你们扎一个蝴蝶。"

"就是蝴蝶!蝴蝶放得高高的,同真蝴蝶一样。"

一个孩子说:

"姐姐,你——你前回替我扎的球,昨天——昨天——昨天天黑的时候,我——我们在稻场上拍,我拍得那么高,拍得天上飞的蝙蝠中间去了!"

"哈哈,一口气说这么长。"

这孩子有点口吃,他以为是了不得的事,一句一句的对琴子说,其余的居然也一时都不作声让他说。

琴子来得比较晚,等她洗完了衣,别的洗衣的都回去了,剩下她一个人坐在沙上。她是脱了鞋坐在沙上晒,——刚才没有留心给水溅湿了,而且坐着望望,觉得也很是新鲜。那头沙上她看见了一个鹭鸶,——并不能说是看见,她知道是一个鹭鸶。沙白得炫目,天与水也无一不是炫目,要她那样心境平和,才辨得出沙上是有东西在那里动。她想,此时此地真是鹭鸶之场,什么人的诗把鹭鸶用"静"字来形容,确也是对,不过似乎还没有说尽她的心意,——这也就是说没有说尽鹭鸶。静物很多,鹞鹰也最静不过,鹭鸶与鹞鹰是怎样的不能说在一起!鹞鹰栖岩石,鹭鸶则踏步于这样的平沙。她听得沙响,有人来,掉头,是紫云阁的老尼姑。她本是双手抱住膝头,连忙穿鞋。老尼姑对她打招呼:

"姑娘,你在这里洗衣呵。"

"是的。师父过河吗?"

"是的,我才在姑娘家来,现在到王家湾去——这是你家奶奶打发我的米。"

尼姑说着把装米的布袋与手拄的棍子放下来,坐下去。

"嗳哟,我也歇一歇。"

"师父该在我家多坐一坐,喝茶,有工夫就吃了午饭再去。"

"是的,我坐了好大一会,奶奶泡了炒米我吃,——此刻就要去。我喜欢同姑娘坐坐谈谈。"

琴子看了老尼的棍子横在沙上,起一种虔敬之感。

"姑娘呵,像我们这样的人是打到了十八层地狱,——比如这个棍子,就好比是一个讨米棍。"

这越发叫琴子有一点肃然。

"师父不要这样说。"

这个尼姑无论见了什么人,尤其是年青的姑娘,总是述说她的一套故事,紫云阁附近的村庄差不多没有人不晓得这套故事,然而她还是说。她请琴子有工夫到她庙里去玩玩,接着道:

"我们修行人当中也有好人——"

一听这句,琴子知道了,但也虔敬的去听——

"从前有两个老人在一个庵里修行。原来只有老道姑一个人,一天一个七十多岁的老汉来进香,进了香,他讨茶喝,他接了茶,坐在菩萨面前喝,坐在拜席上喝,——姑娘,修行人总要热心热肠才好,我们庙里,进香的问我讨茶,没有茶我也要重新去烧一点茶。"

歇了一会,问一问琴子的意见似的。

"是的。"琴子点一点头。

"他坐在拜席上喝。他叹气。好心肠的道姑问他还要不要茶,他不要。他说:'真星不恼白日,真心是松柏长青,世上惟有真字好。'道姑问他:'香客,你心里有什么事呢?我看你的样子心里有什么事。'姑娘,他就告诉好心肠的道姑,说他心里有事,说他走了一百五十里路,走了三天,走到这深山里来,他朝山拜庙,到了许多许多地方。"

说到许多许多四个字,伸手到沙上握住棍子,仿佛这样可以表示许多。倘若是庄上的别一个姑娘,一定一口气替尼姑把下文都说了,琴子还是听——

"他说他年青的时候生得体面,娶一个丑媳妇,他不要他的媳妇，媳妇真心爱他，一日自己逃走了，让丈夫另外娶一个体面的。现在他七十多岁，哪里还讲体面二字，他只念他从前的'真心'，他有数不尽的忏悔。"

说到这里也知道加重起语势了，说那老道姑就是那老汉的"真心"，他们两人接着是如何的哭，两个老人从此一处修行。琴子倒忽略了老尼的用力，只不自觉的把那习听了的结果幻成为一幕，有山，有庵堂，庵堂之内老人，老道姑……

尼姑说完也就算了，并没有丝毫意思问这套故事好不好。琴子慢慢的开言：

"师父还是回我家去喝茶，吃了饭再到王家湾去。"

"不，你家奶奶刚才也留了又留，——回头再来。"

但也还不立刻起来，两人暂时的望着河，河水如可喝，琴子一定上前去捧一掌敬奉老尼。

老尼拄着棍，背着袋，一步一探的走过了桥，琴子提衣篮回家。

杨　柳

小林来到史家庄过清明。明天就是清明节。

太阳快要落山，史家庄好多人在河岸"打杨柳"，拿回去明天挂在门口。人渐渐走了，一人至少拿去了一枝，而杨柳还是那样蓬勃。史家庄的杨柳大概都颇有了岁数。它失掉了什么呢？正同高高的晴空一样，失掉了一阵又一阵欢喜的呼喊，那是越发现得高，这越发现得绿，仿佛用了无数精神尽量绿出来。这时倘若陡然生风，杨柳一齐抖擞，一点也不叫人奇怪，奇怪倒在它这样哑着绿。小林在树下是作如是想。

但这里的声音是无息或停，——河不在那里流吗？而小林确是追寻声音，追寻史家庄人们的呼喊，向天上，向杨柳。不过这也只在人们刚刚离开了的当儿。草地上还有小人儿，小人儿围着细竹姐姐。

他们偏也能这样默默的立住，把他们的姐姐围在中间坐！其实这不足奇，他们是怎样的巴不得"柳球"立刻捏在手上，说话既然不是拿眼睛来说，当然没有话说。

打杨柳，孩子们于各为着各家要打一个大枝而且要叶子多以外，便是扎柳球。长长的嫩条，剥开一点皮，尽朝那尖头挦，结果一个绿球系在白条之上。不知怎的，柳球总是归做姑娘的扎，不独史家庄为然。

中间隔了几棵杨柳，彼此都是在杨柳荫下。杨柳一丝丝的遮得细竹——这里遮了她，那里更缀满了她一身，小林也看得见。孩子们你一枝我一枝堆在细竹姐姐的怀里，鞋子上有，肩膀上也有！却还没有那样大胆，敢于放到姐姐的发上，放到发上会蒙住了眼睛，细竹姐姐是容易动怒的，动了怒不替他们扎。

"你们索性不要说话呵。"小林一心在那里画画，惟恐有声音不能收入他的画图。他想细竹抬一抬头，她的眼睛他看不见……

"哈哈，这是我的！"

"我的！"

不但是说，而且是叫。然而细竹确也抬了头。

"不要吵！归我给。"细竹拂一拂披上前来的头发，说。

一声命令，果然都不作声，等候第二个。柳球已经捏在手上的，慢慢走过来，尽他的手朝高上举。不消说，举到什么地方，他的眼睛跟到什么地方。就是还在围住细竹的那几个，也一时都不看细竹手上的，逐空中的。

"锵锵锵，锵，锵锵！"举球的用他的嘴做锣鼓。

"小林先生，好不好？"又对小林说。

"好得很，——让我捏一捏。"

小林也尽他的两手朝上一伸。

"哈哈，举得好高！"

小林先生没有答话，只是笑。小林先生的眼睛里只有杨柳球，——除了杨柳球眼睛之上虽还有天空，他没有看，也就可以说没有映进来。小林先生的杨柳球浸了露水，但他自己也不觉得，——他也不觉得他笑。小林先生的眼睛如果说话，便是：

"小人儿呵，我是高高的举起你们细竹姐姐的灵魂！"

小林终于是一个空手，而白条绿球舞动了这一个树林，同时声音也布满了。最后扎的是一个大枝，球有好几个，举起来弹动不住。因此又使得先得者失望，大家都丢开自己的不看，单看这一个。草地上又冷静了许多。这一层细竹是不能留心得到，——她还在那里坐着没有起身，对小林笑：

"杨柳把我累坏了。"

"最后的一个你不该扎。"小林也笑。

"那个才扎得最好——"

细竹说着见孩子们一齐跑了,捏那大枝的跑在先,其余的跟着跑。

"哈哈,你看!"

细竹指着叫小林看,一个一个的球弹动得很好看。

"就因为一个最好,惹得他们跑,他们都是追那个孩子。"

"是呀,——那个我该自己留着,另外再扎一个他!"

"上帝创造万物,本也就不平均。"小林笑。

"你不要说笑话。他们争着吵起来了,真是我的不是,——我去看一看。"

细竹一跃跑了。

"草色青青送马蹄。"

小林望着她的后影信口一唱。

"你不要骂人!"

细竹又掉转头来,说他骂人。随又笑了,又跑。

小林这时才想一想这一句诗是讲马的,依然望着她的后影答:

"在诗国里哪里会有这些分别呢?"

细竹把他一个人留在河上。

寂寞真是上帝加于人的一个最厉害的刑罚。然而上帝要赦免你也很容易,有时只须一个脚步。小林望见三哑担了水桶下河来挑水,用了很响亮的声音道:

"三哑叔,刚才这里很好玩。"

"是的,清明时节我史家庄是热闹的,——哥儿街上也打杨柳吗?"

"一样的打,我从小就喜欢打杨柳。"

"哈哈哈。"

三哑笑。小林"从小"这两个字,掘开了三哑无限的宝藏,现在顶天立地的小林哥儿站在他面前,那小小的小林似乎也离开他不远。小林，他自然懂得他的三哑叔之所以欢喜。

"三哑叔，你笑我现在长得这么大了？"

"哈——"

三哑不给一个分明的回答，他觉得那样是唐突。

"明天大家到松树脚下烧香，哥儿也去看一看。"

"那一定是去。"

三哑渐渐走近了河岸。

"哥儿，这两棵杨柳是我栽的。哥儿当初到史家庄来的时候，——哥儿怕不记得，它大概不过栽了一两年。"

三哑说，沿树根一直望到树杪，望到树杪担着水桶站住了，尽望，嘴张得那么大，仿佛要数一数到底有几多叶子。

"记得记得。"小林连忙答。

小林突然感到可哀，三哑叔还是三哑叔，同当年并没有什么分别！他记起他第一次看见三哑叔，三哑叔就是张那么大的嘴。在他所最有关系的人当中，他想，——史家奶奶也还是那样！

其实，确切的说，最没有分别的只是春天，春天无今昔。我们不能把这里栽了一棵树那里伐了一棵树归到春天的改变。

那两棵杨柳之间就是取水的地方，河岸在这里有青石砌成的几步阶级。

三哑取水。小林说：

"我住在史家庄要百岁长寿，喝三哑叔这样的好水！"

"哈哈哈。"

"三哑叔栽的杨柳的露水我一定也从河水当中喝了。"

"哈哈哈。"

三哑这一笑，依然是因为小林第一句，第二句他还没有听清白。

黄　昏

三哑挑完了水，小林一个人还在河上。

他真应该感谢他的三哑叔。他此刻沉在深思里，游于这黄昏的美之中，——当细竹去了，三哑未来，他是怎样的无著落呵。但他不知道感谢，只是深思，只是享受。心境之推移，正同时间推移是一样，推移了而并不向你打一个招呼。

头上的杨柳，一丝丝下挂的杨柳——虽然是头上，到底是在树上呵，但黄昏是这么静，静仿佛做了船，乘上这船什么也探手得到，所以小林简直是搴杨柳而喝。

"你无须乎再待明天的朝阳，那样你绿得是一棵树。"

的确的，这样的杨柳不只是一棵树，花和尚的力量也不能从黄昏里单把它拔得走，除非一支笔一扫，——这是说"夜"。

"叫它什么一种颜色？"

他想一口说定这个颜色。可是，立刻为之怅然，要跳出眼睛来问似的。他相信他的眼睛是与杨柳同色，他喝得醉了。

走过树行，上视到天，真是一个极好的天气的黄昏的天。望着天笑起来了，记起今天早晨细竹厉声对琴子说的话："绿了你的眼睛！"这是一句成语，凡有人不知恶汉的厉害，敢于惹他，他便这样说，意思是："我你也不看清楚？！"细竹当然是张大其词，因琴子无意的打了她一下。小林很以这话为有趣，用了他的解释。

但此刻他的眼睛里不是绿字。

踱来踱去，又踱到树下，又昂了头——

"古人也曾说柳发。"

桥

这样就算是满足了,一眼低下了水。

"呀!"

几条柳垂近了水面,这才看见,——还没有十分挨近,河水那么流,不能叫柳丝动一动。

他转向河的上流望,仿佛这一望河水要长高了这一个方寸,杨柳来击水响。

天上现了几颗星。河却还不是那样的阔,叫此岸已经看见彼岸的夜,河之外——如果真要画它,沙,树,尚得算作黄昏里的东西。山——对面是有山的,做了这个 horizon 的极限,有意的望远些,说看山……

看不见了。

想到怕看不见才去看,看不见,山倒没有在他的心上失掉。否则举头一见远远的落在天地之间了罢。

"有多少地方,多少人物,与我同存在,而首先消灭于我?不,在我他们根本上就没有存在过。然而,倘若是我的相识,哪怕画图上的相识,我的梦灵也会牵进他来组成一个世界。这个世界——梦——可以只是一棵树。"

是的,谁能指出这棵树的分际呢?

"没有梦则是什么一个光景?……"

这个使得他失了言词,我们平常一个简单的酣睡。

"...that vivid dreaming which makes the margin of our deeper rest."

念着英国的一位著作家的话。

"史家庄呵,我是怎样的同你相识!"

奇怪,他的眼睛里突然又是泪,——这个为他遮住了是什么时分哩。

这当然要叫做哭呵。没有细竹,恐怕也就没有这哭,——这是可以说的。为什么呢?……

星光下这等于无有的晶莹的点滴,不可测其深,是汪洋大海。

小林站在这海的当前却不自小,他怀抱着。

"嗳呀!"

这才看见夜。

在他思念之中夜早已袭上了他。

望一望天——觉得太黑了。又笑,记起两位朋友。一年前,正是这么黑洞洞的晚,三人在一个果树园里走路,N说:

"天上有星,地下的一切也还是有着,——试来画这么一幅图画,无边的黑而实是无量的色相。"

T思索得很窘,说:

"那倒是很美的一幅画,苦于不可能。比如就花说,有许多颜色的花我们还没有见过,当你著手的时候,就未免忽略了这些颜色,你的颜色就有了缺欠。"

N笑道:

"我们还不知道此时有多少狗叫。"

因为听见狗叫。

T是一个小说家。

灯 笼

　　史家奶奶琴子两人坐在灯下谈天，尽是属于传说上的。这回的清明对于史家奶奶大大的不同了，欢欢喜喜的也说过节。原因自然是多了小林这一个客。老人，像史家奶奶这样的老人，狂风怒涛行在大海，恐怕不如我们害怕；同我们一路祭奠死人，站在坟场之中——青草也堆成了波呵，则其眼睛看见的是什么，决不是我们所能够推测。往年，陪了琴子细竹去上坟，回转头来，细竹常是埋怨琴子"不该吊眼泪，惹得奶奶几乎要哭"！她实在的觉得奶奶这么大的年纪不哭才好。然而奶奶有时到底哭了一哭，她也哭而已，算是"大家伤心一场"，哭就同是伤心，吊眼泪就是哭，——本来，泪珠儿落了下来，哪里还有白头与少女的标记呢？但这都不是今年的话。今年连琴子也格外的壮观起来了，"清明是人间的事，与大地原无关"。奶奶同她谈，她恰用得着野心二字，——这在以前是决没有的。

　　这时小林徘徊于河上，细竹也还在大门口没有进来。灯点在屋子里，要照见的倒不如说是四壁以外，因为琴子的眼睛虽是牢牢的对住这一颗光，而她一忽儿站在杨柳树底下，一忽儿又跑到屋对面的麦垄里去了。这一些稔熟的地方，谁也不知谁是最福气偏偏赶得上这一位姑娘的想象！不然就只好在夜色之中。

　　"清明插杨柳，端午插菖蒲，艾，中秋个个又要到塘里折荷叶，——这都有来历没有？到处是不是一样？"史家奶奶说。

　　"不晓得。"

　　琴子答，眼睛依然没有离开灯火，——忽然她替史家庄唯一的一棵梅花开了一树花！

这是一棵蜡梅，长在"东头"一家的院子里，花开的时候她喜欢去看。

这个新鲜的思想居然自成一幕，刚才一个一个的出现的都不知退避到哪一角落里去了。抬头，很兴奋的对奶奶道：

"过年有什么可插呢？要插就只有梅花。但梅花太少。"

史家奶奶的眼睛闭住了，仿佛一时觉得灯光太强，而且同小孩子背书一般随口这样一声：

"岁寒然后知松柏之后凋。"

话出了口，再也不听见别的什么了，眼睛还是闭着。这实在只等于打了一个呵欠，一点意思也没有。而琴子，立时目光炯然，望着老人，那一双眼睛就真是瞎子的眼睛她也要它重明似的，道：

"奶，过年家家贴对子，红纸上写的也就是些春风杨柳之类。"

"哈，我的孩子，——史家庄所有的春联，都是你一人的心裁，亏你记得许多。"

"细竹倒也帮了许多忙。"

琴子笑。连忙又道：

"她跑到哪里玩去了？还没有回来。"

"小林也没有回来哩，——他跑到哪里去了？外面都是漆黑的。"

没有答话，静得很。

灯光无助于祖母之爱，少女的心又不能自己燃起来——真是"随风潜入夜"。

细竹回来了。步子是快的，慢开口，随便的歌些什么。走进这屋子的门，站住，一眼之间，看了一看琴子，又看史家奶奶，但没有停唱。

"小林哥哥哪里去了呢？你看见他吗？"史家奶奶问。

"他还没有回来吗？"

这个声音太响，而且是那样的一个神气，碰出了所经过的一切，史家奶奶同琴子不必再问而当知道！

"一定还在那里，我去看。"

琴子的样子是一个statue，——当然要如Hermione那样的一个statue专候细竹说。这个深，却不比小林的深难于推测，——她自己就分明的见到底。此后常有这样的话在她心里讲："我很觉得我自己的不平常处，我不胆大，但大胆的绝对的反面我又决不是，我的灵魂里根本就无有畏缩的地位。人家笑我慈悲——这两个字倒很像，可惜他们是一般妇人女子的意义。"想了这么些，思想的起原反而忘记了：对了小林她总有点退缩，——此其一。这个实在无道理，太平常。不过世间还没有那大的距离可以供爱去退缩。再者，她的爱里何以时常飞来一个影子，恰如池塘里飞鸟的影子？这简直是一个不祥的东西——爱！这个影，如果刻出来，要她仔细认一认，应该像一个"妒"字，她才怕哩。

听完那句话，又好像好久没有看见她的妹妹似的，而且笑——

"你去看！"

自然没有说出声。

细竹就凑近她道：

"我们两人一路去，他一定一个人还在河上。"

"你们不要去，我打灯笼去。"

史家奶奶说。

黑夜游出了一个光——小林的思想也正在一个黑夜。

"小林儿！"

"奶奶吗？嗳呀，不要下坝，我正预备回来。"

这些地方，史家奶奶就不打灯笼也不会失足的。光照一处草绿——史家奶奶的白头发也格外照见。

清　明

　　松树脚下都是陈死人，最新的也快二十年了，绿草与石碑，宛如出于一个画家的手，彼此是互相生长。怕也要拿一幅古画来相比才合式。这是就看官所得的印象说话，若论实物的浓淡，虽同样不能与时间无关系，一则要经剥蚀，一则过一个春天惟有加一春之色，——沧海桑田权且不管。

　　清明上坟，照例有这样的秩序：男的，挑了"香担"，尽一日之长，凡属一族的死人所占的一块土都走到；女的就其最亲者，与最近之处。这一天小林起得很早，看天，是一个阴天，但似不至有雨落。吃了早饭，他独自沿史家庄的坝走，已望见东边山上，四方树林，冒烟。一片青山，不大分得出坟，这里那里的人看得见，因了穿的衣服。走到松树脚下，琴子细竹坐在坟前，等候三哑点火。已经烧了好几阵火过去了。他小的时候也跟他的族人一路徧走二十里路的远近，有几位好事者把那奠死人的腌肉，或者鲤鱼，就香火烧吃。他当然要尝一脔。那几位现在都是死人了，有一个，与小林是兄弟辈，流落外方。

　　阴天，更为松树脚下生色，树深草浅，但是一个绿。绿是一面镜子，不知挂在什么地方，当中两位美人，比肩——小林首先洞见额下的眼睛，额上发……

　　叫他站住了，仿佛霎时间面对了Eternity。浅草也格外意深，帮他沉默。

　　细竹对他点一点头。这个招呼，应该是忙人行的，她不过两手拄了草地闲坐。琴子微露笑貌，但眉毛，不是人生有一个哀字，没有那样的好看。

莫明其所以的境地，逝去的时光又来帮忙——他在这里牵过牛儿！劈口问三哑道：

"三哑叔，我的牛儿还活在世上没有？"

牛儿就在他的记忆里吃草。

三哑正在点炮放。细竹接着响起来了——

"哪里还是牛儿呢？耕田耕了几十石！——你不信我就替你们放过牛。"

琴子暗地里笑，又记起《红楼梦》上的一个"你们"。

三哑站起身，拂一拂眼睛，答小林——

"哥儿应该得不少的租钱了。明天有工夫我引你到王家湾去看。前回细竹姑娘看见了，说是一匹好黄牛，牵到坝上吃草。"

站了一会，看他们三个坐地，又道：

"放了炮应该作揖了。"

小林笑：

"我是来玩的。"

细竹也对了三哑笑：

"你作揖，我们就这样算了。"

小林慢慢的看些什么？所见者小。眼睛没有逃出圈子以外，而圈子内就只有那点淡淡的东西，——琴子的眉毛。所以，不著颜料之眉，实是使尽了这一个树林。古今的山色且凑在一起哩！——真的，那一个不相干的黛字。那样的眉毛是否好看，他还不晓得，那些眼睛，因为是诗人写的，却一时都挤进他的眼睛了，就在那里作壁上观，但不敢喝采。

"拿什么画得这样呢？"

这句话就是脱口而出，琴子也决不会猜到自己头上去，——或者猜画松树。

"你们这个地方我很喜欢。"

这是四顾而说。

细竹答道：

"黄梅时节，河里发了山洪，坐在这里，哗啦哗啦的，真是'如听万壑松'。"

"你真是异想天开。"

"什么异想天开？我们实地听过。五年以前我还骑松树马哩，——骑在马上，绿林外是洪水。"

小林笑。又看一看琴子道：

"你怎么一言不……"

树上的黄莺儿叫把他叫住了。望着声音所自来的枝子，是——

"画眉。"

"这哪里是画眉呢？黄莺儿也不认识！"细竹也抬头望了树枝说。

琴子开口道：

"回去罢。"

此时三哑已经先他们回去了。但琴子依然不像起身的样子，坐得很踏实。

小林又看坟。

"谁能平白的砌出这样的花台呢？'死'是人生最好的装饰。不但此也，地面没有坟，我儿时的生活简直要成了一大块空白，我记得我非常喜欢上到坟头上玩。我没有登过几多的高山，坟对于我确同山一样是大地的景致。"

"你到那边路上去看，那里就有一个景致。"琴子说。

小林凛然了。他刚才经过那一座坟而来，一个中年妇人，当是新孀，蓬头垢面坟前哭，坟是一堆土。

"坟放在路旁，颇有嘲弄的意味。"

"你这又是自相矛盾。"细竹笑他。

琴子道：

"这倒是古已有之：'路边两高坟，伯牙与庄周。'"

"我想年青死了是长春,我们对了青草,永远是一个青年。"

"不要这样乱说。"细竹说。

他们真是见地不同。

"要下雨。"

细竹又望了天说,天上的云渐渐布得厚了。

"这也是从古以来的一个诗材料,清明时节。"小林也望天说。

"下雨我们就在这里看雨境,看雨往麦田上落。"

细竹一眼望到坂当中的麦田。

琴子道:

"那你恐怕首先跑了。"

一面心里喜欢——

"想象的雨不湿人。"

路　上

　　往花红山的途中，细竹同琴子两个。上花红山去折映山红。花红山脚下就是老儿铺，——"铺"者茶铺，离史家庄四里路。

　　穿着夹衣，太阳照得脸上发汗。今天的衣服系著色的。遇着一个两个人，对她们看。细竹，人家看她，她也看人家，她的脸上也格外的现着日光强。一路多杨柳，两人没有一个是绿的。杨柳因她们失了颜色，行人不觉得是在树行里，只远远的来了两个女人，——一个像豹皮，一个橘红。渐渐走得近了，——其实你也不知道你在走路，你的耳朵里仿佛有千人之诺诺，但来得近了。这时衣服又失了颜色，两幅汗颜，——连帮你看这个颜面的黑头发你也不见！越来越明白，你又肃静不过，斜着你的身子驶过去了。过去了你掉一掉头。你还要掉一掉头，但是，极目而绿，垂杨夹道！你误了路程一般的快开你的步子了。"说些什么？"你问你自己。你实没有听见。两幅汗颜，还是分明的，——你始终不记得照得这春光明媚的你头上的日头！

　　这个路上，如果竟不碰着一个人，这个景色殊等于乌有。细竹喜欢做日记，这个，她们自己的事情，却决不会入她们的记录呵。女人爱照镜，这就表示她们何所见？一路之上尚非是一个妆台之前。

　　"我有点渴。"

　　"那边荸荠田，去拔荸荠吃。"

　　"给人家看见了可叫人笑话。"

　　"谁认得你是细竹？"

　　琴子说着笑。

"你不要笑，我知道你是耍我的。"

"一会儿就到了，到茶铺里去喝茶。"

细竹朝树底下走，让杨柳枝子拂她的脸，摆头——

"你看，戏台上唱戏的正是这样吊许多珠子。"

"我要看花脸，不看你这个旦儿。"

"你才不晓得哩！——'轻红拂花脸'，我也就是花脸。"

"呸！不要脸。"

琴子实在觉得好笑。慢慢她另起一题——

"唐人的诗句，说杨柳每每说马，确不错。你看，这个路上骑一匹白马，多好看！"

"有马今天我也不骑，——人家笑我们'走马看花'。"

"这四个字——"

这四个字居然能够引姐姐入胜。

"你这句话格外叫我想骑马。"

这是她个人的意境。立刻之间，跑了一趟马，白马映在人间没有的一个花园，但是人间的花。好像桃花。可惜这一层回去细竹没有替她告诉小林，不然小林会想出这个地方来看，这样一个旁观者，一定比马上人更心醉。

"姑娘大概走得累了，马敝地没有，我跑去替你牵一匹驴子来骑。"

"驴子是老年人骑的东西。"

说着两人都笑。前面到了青石桥。

两边草岸，一湾溪流，石桥仅仅为细竹做了一个过渡，一跃就站在那边岸上花树下，——桃李一样的一棵，连枝而开花，桃树尚小。双手攀了李花的一枝，呼吸得很迫，样子正如摆在秋千架上，——这个枝子，她信手攀去，尽她的手伸直，比她要低一点。这样，休息起来了，不但话不出口，而且闭了眼睛，摇一摇发。发还是往眼上遮。离唇不到两寸，是满花的桃枝，唇不分上下，枝相平。琴子过桥，看水，浅水澄沙可以放到几上似的，因为她想起家里的一盘水仙花。这里，宜远望，望下去，芳草绵绵，野花缀岸，其中，则要心里知道，水流而不见。琴子却深视，水清无鱼，只见沙了。与水并是流——桥上她的笑貌。

"瞎子过桥没有你过得慢！"

毕竟还是细竹卤莽的叫。

小桥慢慢儿过，真不过她一眨眼的工夫。

睡了一觉，虎视眈眈，看她的琴姐专门会出神。琴子才满眼花笑，她喜于白花红不多的绿叶。

两双眼睛，是白看的，彼此不相看。

琴子桥头立住，——这时她的天地很广，来路也望了一望。无鱼有养鱼的草，对岸涧边阴处。要走了，看细竹而笑——

"'红争暖树归。'"

"掉书袋，讨厌。"

这个声音说出她无力了。但她不记得她的衣服是红的。琴子是笑她这个。

"走罢。"

"你走，我乘一乘阴。"

琴子又无言而笑。这回是佩服她，花下乘阴，有趣。人都是见树荫想纳凉。

细竹信口开河罢了。

"你不是惜阴罢？"

但细竹轻轻的放了手，花不曾为之摇落一瓣。

不是困了，她的动作不是这样懒。

琴子眼未离花，她倒有点惜光阴的意思。

往前走都是平草地。太阳躲入了白云。

"那里多么绿。"

细竹远远的指着阳光未失的一片地方说，眼睛指

"这里多么绿。"

琴子指眼前。

"那个孩子在那里干什么？"

前面一个孩子，离开了路，低身窜到草。

琴子已经看见了——

"蛇。"

蛇出乎草——孩子捏了蛇尾巴。

小小的长条异色的东西，两位姑娘的草意微惊。

太阳又从她们的背后一齐照上了。

孩子不抬头，看手上的蛇。抬头，看一看这两位姑娘——他将蛇横在路上。蛇就在路上不动。

细竹动雷霆——

"你这是做什么？！"

孩子看蛇，笑而不答。

"我们走路，你为什么拦住我们呢？！"

"不让你走。"

"你是什么人，不让我们走路？！"

"你走。"

"你把蛇拿开！"

她一看，琴子站在蛇的那边了，——她不循路而走草。

孩子仰天一声笑，跑了。

"我偏要路上走！"

她还是眼对蛇，——或者是看蛇动罢，但未杀其怒容。

琴子笑道：

"蛇请姑娘走。"

蛇行入草。

茶　铺

一见山——满天红。

"夥！"

喝这一声采，真真要了她的樱桃口，——平常人家都这样叫，究竟不十分像。细竹的。

但山还不是一脚就到哩。没有风，花似动，——花山是火山！白日青天增了火之焰。

两人是上到了一个绿坡。方寸之间变颜色：眼睛刚刚平过坡，花红山出其不意。坡上站住，——干脆跑下去好了，这样绿冷落得难堪！红只在姑娘眼睛里红，固然红得好看，而叫姑娘站在坡上好看的是一坡绿呵，与花红山——姑娘的眼色，何相干？请问坡下坐着的那一位卖鸡蛋的癞疠婆子，她歇了她的篮子坐在那里眼巴巴的望，——她望那个穿红袍的。

穿红袍的双手指天画地！

是呵，细竹姑娘，"as free as mountain winds"，扬起她的袖子。

莫多嘴，下去了，——下去就下去！

怪哉，这时一对燕子飞过坡来，做了草的声音，要姑娘回首一回首。

这个鸟儿真是飞来说绿的，坡上的天斜到地上的麦，垄麦青青，两双眼睛管住它的剪子笔迳斜。

癞疠婆子还是看穿红袍的。

细竹偏了眼，——看癞疠婆子看她。

"卖鸡蛋的。"两人都不言而会。

卖鸡蛋的禁不住姑娘这一认识似的，低头抓头。她的心里实在是乐，抱头然而说话，当然不是说与谁听——

"我的头发林里是哪有这么痒！"

乐得两位旁听人相向而笑了。实在是一个好笑。抱头者没有抬头，没有看见这一个好笑。

走上了麦路，细竹哈哈哈的笑。

"她那哪里是'头发林'？简直是沙漠！"

琴子又笑她这句话。

"你看你看，她在那里屙尿。"

"真讨厌！"

琴子打她一下，然而自己也回头一看了，笑。

"有趣。"琴子不过拍一拍她的肩膀，她的头发又散到面前去了，拿手拂发而说。接着远望麦林谈——

"这个癞疠婆扫了我的兴，记得有一回，现在想不起来为了什么忽然想到了，想到野外解溲觉得很是一个豪兴——"

"算了罢，越说越没有意思。我不晓得你成日的乱想些什么，——我告诉你听，有许多事，想着有趣，做起来都没有什么意思。"

细竹虽让琴子往下说，但她不知听了没有？劈口一声——

"姐姐！"

凑近姐姐的耳朵唧哝，笑得另是一个好法。

琴子又动手要打她一下——

"野话！"

抬起手来却替她赶了蜂子。一个黄蜂快要飞到细竹头上。

姐姐听了几句什么？麦垄还了麦垄——退到背后去了。

方其脱绿而出，有人说，好像一对蝙蝠（切不要只记得晚半天天上飞的那个颜色的东西！）突然收拢了那么的大翅膀，各有各的腰身。

老儿铺东头一家茶铺站出了一个女人。琴子心里纳罕茶铺门口一棵大柳树，树下池塘生春草。细竹问：

"你要不要喝茶？"

"歇一歇。"

两人都是低声，知道那女人一定是出来请她们歇住。

走进柳阴，仿佛再也不能往前一步了。而且，四海八荒同一云！世上唯有凉意了。——当然，大树不过一把伞，画影为地，日头争不入。

茶铺的女人满脸就是日头。

"两位姑娘，坐一坐？"

不及答，树阴下踯躅起来了，凑在一块儿。细竹略为高一点，——只会让姐姐瞻仰她！是毫不在意。眼光则斜过了一树的叶子。

"进去坐。"

琴子对她这一说时，她倒确乎是正面而听姐姐说，同时也纳罕的说了一句——

"这地方静得很，没有什么人。"

茶铺女人已经猜出了，这一位大概小一些。

移身进去——泥砖砌的凉亭摆了桌子板凳，首先看见一个大牛字，倒写着。实在比一眼见牛觉得大。"寻牛"的招贴。琴子暗暗的从头下念。念完了，还有"实贴老儿铺"，也格外的是新鲜字样，——老儿铺这个地方后来渐渐模糊下去了，"老儿铺"三个字终其身明白着，"为什么叫老儿铺"。又失声的笑了，一方白纸是贴于一条红笺之上，红已与泥色不大分，仔细看来剩了这么的两句——

　　　　过路君子念一遍　　一夜睡到大天光

细竹坐的是同一条板凳，懒懒的看那塘里长出来的菖蒲，若有所失的掉头一声：

"你笑什么？"

"姑娘，喝一点我们这个粗茶。"

茶铺女人已端了茶罐出来向姑娘各敬一碗。

琴子唱个喏。

"两位姑娘从哪里来的？"

"史家庄。"

"嗳呀，原来是史姑娘，——往哪里去呢？"

"就是到你们花红山来玩。"

说着都不由的问自己："他们怎么晓得我们？"琴子记起她头上还是梳辫子的时候来过花红山一次。那女人一眼看史姑娘喝茶，连忙又出门向西而笑，喊她的"丫头回来"！——到那边山上去了。

琴子拿眼睛去看树，盘根如巨蛇，但觉得到那上面坐凉快。看树其实是说水，没有话能说。就在今年的一个晚上，其时天下雪，读唐人绝句，读到白居易的《木兰花》，"从此时时春梦里，应添一树女郎花"，忽然忆得昨夜做了一梦，梦见老儿铺的这一口塘！依然是欲言无语，虽则明明的一塘春水绿。大概是她的意思与诗意不一样，她是冬夜做的梦。

"你刚才笑什么？"

细竹又问姐姐。

琴子又笑，抬头道：

"你看。"

细竹就把"寻牛"看了一遍。

"你笑什么？——决不失言？"

最后一行为"赏钱三串决不失言"，她以为琴子笑白字，应该作"决不食言"。

"你再往下看。"

"过来君子——哈哈哈。"

花红山

　　花红山简直没有她们的座位。一棵树也没有，一块石头也没有。琴子很想坐一坐。只有那两山阴处，壁上，有一棵松树。过去又都是松林。她站的位置高些，细竹在她的眼下，那么的蹲着看，好像小孩子捉到了一个虫，——她很有做一个科学家的可能。琴子微笑道：

　　"火烧眉毛。"

　　细竹听见了，然而没有答。确乎对了花而看眉毛一看，实验室里对显微镜的模样。慢慢的又站起身，伸腰——看到山下去了。

　　"你喜得没有骑马来，——看你把马拴到什么地方？这个山上没有草你的马吃！"

　　她虽是望着山下而说，背琴子，琴子一个一个的字都听见了，觉得这几句话真说得好，说尽了花红山的花，而且说尽了花红山的叶子！

　　"不但我不让我的马来踏山的青，马也决不到这个山上来开口。"

　　话没有说，只是笑，——她真笑尽了花红山。同时，那一棵松树记住了她的马！玩了一半天，休憩于上不去的树。以后，坐在家里，常是为这松荫所遮，也永远有一匹白马，鹤那样的白。最足惜者，松下草，打起小小的菌伞，一定是她所爱的东西，一山之上又不可以道里计，不与同世界。它在那里——青青向樵人罢。

　　细竹掉过身来，踏上去，指上拿着一瓣花。两人不能站到一个位置，俨然如隔水。

"坐一坐罢。"

说坐其实还是蹲,黑发高出于红花,看姐姐,姐姐手插荷包。

"春女思。"

琴子也低眼看她,微笑而这一句。

"你这是哪里来的一句话?我不晓得。我只晓得有女怀春。"

"你总是乱七八糟的!"

"不是的,——我是一口把说出来了,这句话我总是照我自己的注解。"

"你的注解怎么样?"

"我总是断章取义,把春字当了这个春天,与秋天冬天相对,怀是所以怀抱之。"

只顾嘴里说,指上的花瓣儿捻得不见了。

琴子一望望到那边山上去了,听见是松林风声,无言望风来。细竹又站起来,道:

"要日头阴了它才好,再走回去怕真有点热。"

"我说打伞来你不肯。"

"我不喜欢那样的伞,不好看。"

"一阵风——花落知多少?"琴子还是手插荷包说。

"这个花落什么呢?没有落地。"

细竹居然就低了头又看一看花红山的非树的花。

"是呵——姑娘聪明得很。"

说着从荷包里拿出了手来。她刚才的话,是因为站在花当中,而且,今天一天,她们随便一个意思都染了花的色彩,所以不知不觉的那么问了一问,高兴就在于问,并不真是想到花落。细竹的话又格外的使得她喜欢。

"这个花,如果落,不是落地,是飞上天。"

她也就看花而这么说。立刻又记起绿的花红山,她那一次来花红山,是五月天气,花红山是绿的。

"细竹，目下我倒起了一个诗思。看你记不记得，这个山上我来过一次，同我的姨母一路，那时山上都是绿的，姨母告诉我花红山映山红开的时候很好看，但我总想不起这么红，今天不来——"

细竹抢着道：

"你不用说，今天你不来，君处绿山，寡人处红山，两个山上，风马牛各不相及。"

这一说把琴子的诗思笑跑了。

"跟你一路，真要笑死人，——不要笑，我真不知道那样将作如何感想，倘若相隔是一天，昨天来见山红，今天来见山绿，不留一点余地。事实上红花终于是青山，然而不让我们那么的记住，欣红而又悦绿。"

花又从细竹的手上落了一瓣。同科学家这么讲，真是风马牛不相及！——哈哈，看官不要笑，这是执笔人的一句笑话，她悔之而不及，花一响仰首一面笑——

"嗳呀！"

怕姐姐又来打她一下。此一摘无心而是用了力了。

于是两人开步走。

走到一处，夥颐，映山红围了她们笑，挡住她们的脚。两个古怪字样冲上琴子的唇边——下雨！大概是关于花上太阳之盛没有动词。不容思索之间未造成功而已忘记了。细竹道：

"这上面翻一个筋斗好玩。"

"我记起一篇文章，很有趣，题目好像叫做《花炮》？一个小姑娘，另外一个放牛的孩子——两人大概总是一块儿放牛，一天那孩子不见那小姑娘，他以为他得罪了她，丢了牛四处找她去。走到山上，满山的映山红，——大概也同我们这个山上一样，头上也是太阳。孩子就在山上坐下，看花，哪知一望就望见是她，——山凹里的水泉旁边。这一点描写得很好。孩子自然喜欢得很，道：'那不是我的——？'恕我记不得姑娘的名字。"

同时一笑。

"'她在那里洗澡哩,像一个鹭鸶。'他就喊她,问她为什么丢了牛一个人跑到这里来玩呢?以下都写得好,通篇本来是孩子的独白,叙出小姑娘——涧边大概有一株棕榈树,小姑娘连忙撇它一叶,坐在草上,蒙起脸来。你想,棕榈树的叶子,遮了脸,多美。最后好像是这一句:'你看你看她把眼闭着迷迷的笑哩。'我想咱们中国很难找这样的文章。"

"你又没有到北京,怎么晓得咱们?"

琴子益发的想到题外去了——

"我见过北方的骆驼。"

她有一回在自己庄上河边树下见一人牵骆驼过河。

快要到家的时候,琴子忽然想起她们今天看的也就是杜鹃花,她们只是看花,同桃花一样的看了。何以从来的人是另眼相看?这么一想,花红山似乎换了颜色,从来的诗思做了太阳照杜鹃花。——花红山是在那里夕阳西下了。

箫

　　她们两人今天换新装预备出门的时候，小林是异样的喜悦，以前的生活简直都不算事，来了一个新日子。但他一句话也没有，看着她们忙碌。琴子已经打扮好了，走出房来，且走且低头看——不知看身上的哪一点？抬头——"他看见了。"小林对之一笑。她也不觉而一笑。小林慢慢的问道：

　　"我不晓得做皇帝的——我假设他是一位聪明的孩子，坐在他的宝座上，是怎样的一个骄儿？我想你们做姑娘的妆前打扮可以与之相比。"

　　"你这个好比方！——我又没有做皇帝。"

　　小林真是死心踏地的听，听完了，他还听。他刚才那一问，问出来了，总觉得没有把意思说得透澈，算勉强找到了那一个现成的字眼，"骄儿"。琴子这么一答，很是一个撒娇的神气，完全是来帮助他的意思了。她说她没有做皇帝，她的撒娇，实是最好看的一个骄傲，要宝藏无可比拟者形成之，按小林的意思。慢慢他又道：

　　"你们我想不至于抱厌世观，即如天天梳头，也决不是可以厌倦的事。"

　　琴子笑着走过去了，没有给一个回答。

　　老儿铺虽则离史家庄不远，小林未尝问津。有时他一人走在史家庄的沙滩上玩，过桥，但每每站到桥上望一望就回头了，实在连桥也很少过去。琴子同细竹走了，他坐在家里，两个人，仿佛在一个大原上走，一步一步的踏出草来，不过草是一切路上的草总共的留给他一个绿，不可捉摸，转瞬即逝。这或者就因为他不识路，而她们当然是走路，所以随他任意的走，美人芳草。

桥

终于徘徊于一室，就是那个打扮的所在。不，立在窗外，确如登上了歧途，徘徊，勇敢的一脚进去——且住，何言乎"勇敢"？这个地方不自由？非也。小林大概是自知其为大盗，故不免始而落胆。何言乎"大盗"？请以旁观梳头说法。昨天清早，细竹起得晏，梳头——她的头发实在是奈不何，太多！小林一旁说话，说太阳，说河沙，娓娓动听，而一心是在那里窃发而逃之，好像相信真有个什么人窃不老之药以奔月。

诗云"鸢飞戾天，鱼跃于渊"。此盖是小林踏进这个门槛的境界。真是深，深，——深几许？虽然，最好或者还是临渊羡鱼的那一个人。若有人焉问今是何世——仓皇不知所云！……

镜子是也，触目心惊。其实这一幅光明（当然因为是她们的，供其想象）居尝就在他的幽独之中，同摆在这屋子里一样，但他从没有想到这里面也可以看见别人，他自己。

"观世音的净瓶"里一枝花，桃花。拈花一笑。

怎么的想起了这样话来——

> 不知栋里云
> 去作人间雨

于是云，雨，杨柳，山……模模糊糊的开扩一景致。未见有人进来。说没有人那又不是，他根本是没有人不能成景致的一个人。

这个气候之下飞来一只雁，——分明是"惊塞雁起城乌"的那一个雁！因为他面壁而似问："画屏金鹧鸪难道也一跃……"

壁上只有细竹吹的一管箫，挂得颇高。

"坐井而观天，天倒很好看。"一眼出了窗户，想。可喜的，他的雨意是那么的就在这晴天之中其间没有一个雾字。

真是晴得鲜明，望天想象一个古代的女人，粉白黛绿刚刚妆罢出来。

诗

琴子同细竹回来了，小林看着那说笑的样子——都现得累了，不禁神往。是什么一个山？山上转头才如此！但他问道：

"你们怎么不折花回来？"

她们本是说出去折花，回来却空手，一听这话，双双的坐在那桌子的一旁把花红山回看了一遍，而且居然动了探手之情！所以，眼睛一转，是一个莫可如何之感。

古人说，"镜里花难折"，可笑的是这探手之情。

细竹答道：

"是的，忘记了，没有折。"

还是忘记的好，此刻一瞬间的红花之山，没有一点破绽，若彼岸之美满。

小林这人，他一切的丰富，就坐在追求。然而他惘然。比如，有一位女子，一回，两人都在一个人家庆贺什么，她谈话，他听，——其实是以一个刺客那么把住生命的精神凝想着："你要睡！"他说睡上了她的睫毛。这女人，她的睡相大概很异常。又一回，是深夜失火，他跑去看，她也来了，顿时，千百人拼命喊叫之中，他万籁俱寂，看她，——他说她是刚刚起来，睡还未走得远。他说他认得了睡神的半面妆，——这应该算是一个奇迹，可以自豪的？但他只没有失声的哭，世界仿佛是一个睡美人之榻，而又是一个阴影，他摸索出来的太阳是月亮！

现在，他怅望于没有看见的山，对着这山上回来的两个人。

终于留了他一个人在这一间屋子里玩（这里是客房），不小的工夫，——细竹又进来了，向他道：

"你今天不同我们去，——很好玩。"

这话他当然是听了，但稀奇得厉害，细竹换了衣裳！

单衣，月白之色，又是一样的好看。好看不足奇，只是太出乎不意！立时又神游起来了，今天上午一个人仔细端详了的那个地方，壁上的箫，瓶子里的花，棕榈的绿荫——怎么会有这么一更衣呢？……

这个地方——他说他实在是看不尽。

细竹，一天的日头，回到房里去，浸了一盆凉水。三哑正从河里挑水进门，她就拿着她的盆子要他向盆里倒。三哑还以为她总是忘记不了她自己栽的那几钵花拿去浇花。她又随便的梳了一梳她的头发，只是随便的，马上天要黑了，哪里还费事把它解散？小林不顾这些，——连她们刚刚是由花红山回来他也不记得了。

"你们，才穿了那衣，忽然又是这衣，神秘得很。"

"我走得很热。"

她说着坐下了，同时低下头一看，——一个不自觉的习惯而已，人家说衣裳，她就看衣裳。她晓得小林是说她换了衣裳，并没有细听他的话。实在这算得什么呢，换了一换衣，就说"神秘"？这东西本身亦是不能理会的了，所谓自有仙才自不知。小林，他是站着，当她低头，他也稍为一低眼——观止矣！少女之胸襟。

细竹或者觉察了，因为，一时间，抬起头来，不期然而然的专以眼睛来相看，——她何致于是怒目？但好像问："你看什么？"

放开眼睛，他道：

"山上有什么好玩的？"

"不告诉你。"

连忙又觉得无礼，笑了。

"老儿铺，是不是有一个老儿路上开茶铺？"

"哪里看见？我们在一家茶铺里喝茶，只看见一个女人，她有一个女儿，十五六岁，我们刚到的时候她不在家，她把她喊回来，瞧我们。这姑娘长得一个大扁脸，难看极了。"

她这么的说，小林则是那么的看了，此时平心静气的，微笑着。"回来的时候，怎的那个急迫的样子？——琴子就不相同。汗珠儿，真是荷瓣上的露，——只叫人起凉意。"这恐怕是他时间的错误了，因为当着这清凉之面而想那汗珠儿。于是已经不是看她，是她对镜了，中间心猿意马了一会，再照——又不道"自己"暗中偷换！自己在镜子里头凉快了。他实到了这样的忘我之境。

他要写一首诗，没有成功，或者是他的心太醉了。但他归咎于这一国的文字。因为他想象——写出来应该是一个"乳"字，这么一个字他说不称意。所以想到题目就窘："好贫乏呵。"立刻记起了"杨妃出浴"的故事，——于是而目涌莲花了！哪里还做诗？慢慢又叹息着："中国人卑鄙，fresh总不会写。"不知怎的又记起那"小儿"偷桃，于是已幻了一桃林，绿当然肥些，又恰恰是站在树底下——那么人是绿意？但照眼的是桃上的红。哪里看见这样的红桃？一定是拿桃花的颜色移作桃颊了。其树又若非世间的高——虽是实感，盖亦知其为天上事矣，故把月中桂树高五百丈也移到这里来了。

一天外出，偶尔看见一匹马在青草地上打滚，他的诗到这时才俨然做成功了，大喜，"这个东西真快活"！并没有止步。"我好比——"当然是好比这个东西，但观念是那么的走得快，就以这三个字完了。这个"我"，是埋头于女人的胸中呵一个潜意识。

以后时常想到这匹马。其实当时马是什么色他也未曾细看，他觉得一匹白马，好天气，仰天打滚，草色青青。

天　井

是睡觉的时分。小林他是一个客榻，一个人在一间屋子里。史家奶奶伴他谈一会儿话，看他快要睡了，然后自己也去睡，临走时还替他把灯移到床前几上，说道：

"灯不要吹好了。"

小林也很知道感激，而且正心诚意的，虽然此刻他的心事不是那样的单纯，可以向老人家的慈爱那里面去用功。史家奶奶一走开，实际上四壁是更现得明亮一点，因为没有人遮了他的灯，他却一时间好像暗淡了好些，眼珠子一轮。随即就还了原，没有什么。这恐怕是这么的一个损失：史家奶奶的头发太白了，刚才灯底下占了那么久。

灯他吹熄了。或者他不喜欢灯照着睡，或者是，这样那边的灯光透在他的窗纸上亮。他晓得琴子同细竹都还没有睡。中间隔了一长方天井。白的窗纸，一个一个的方格子，仿佛他从来没有看见光线，小心翼翼。其实他看得画多，那些光线都填了生命。一点响动也没有，他听。刚才还听见她们唧唧咕咕的。这个静，真是静。那个天井的暗黑的一角里长着苔藓，大概正在生长着。"你们干什么？"忽然若不平，答不出她们在那里干什么，明明的点着亮儿。不，简直没有答。说得更切当些，简直也不是问。

当然，他问了自己那么一句。譬如一个人海边行走，昂头而问："天何言哉？"只是表现其不知罢了。不过这人，还可以说，问天是听海的言语。

"细竹，你做什么？"

琴子的声音，好像是睡了觉才醒来，而又决不同乎清晨的睡醒，来得十分的松散，疲倦。

又没有响动。

"细竹，你做什么？"这个于是乎成了音乐，余音袅袅。或者是琴子姑娘这个疲倦的调子异样的有着精神，叫人要好好的休息，莫心猿意马；或者他的心弦真个弹得悲伤起来："细竹，你做什么？"因为是夜里，万事都模糊些。

"你一定是倒在床上就睡着了。"

对，她们今天上了山，走得累了。他当然是同琴子打招呼。立刻绘了一幅画。既然是可爱的姑娘和衣而寐，不晓得他的睡意从哪里表现出来？好好的一个白日的琴子。大概他没有看见她闭过眼睛，所以也就无从著手，不用心。画图之外又似乎完全是个睡的意思，一个灯光的宇宙。把那一件衣服记得那样的分明，今天早晨首先照在他的眼里的那个颜色。目下简直成了一匹老虎，愈现愈生动。然而一点也得不着边际，把不住。他也就真参透了"夜"的美。居然记不起那领子的深浅，——一定是高领，高得是个万里长城！结果懵懵懂懂的浮上一句诗："鬟云欲度香腮雪。"究竟琴子搽粉了没有呢？

这时琴子已经坐了起来，细竹在那里折衣服，"我的同她自己的"，今天再也不要，她都平叠着，然后打开橱柜，放在最上的一格。琴子慢慢的抬举她的一双手，还在床上坐着，不要镜子的料理头发，行其所无事，纤纤十指头上动得飞快，睡觉的时候应该拆下来的东西都拆下来。细竹送一颗糖她的嘴里，她一摆头——

"什么？"

既在两唇之间——尝得甜了。

细竹，她此刻是个白衣女郎，忽然晓得她要打喷嚏，眼睛闭得很好看。岂能单提这一项？口也开得好玩。随便说一项都行，反正只一个好看。果然，打一个喷嚏，惹得琴子道：

"吓我一跳！"

不一会儿姊妹二人就真正的就寝。

小林在这边打到地狱里去了。在先算不得十分光明，现在也不能说十分漆黑，地球上所谓黑夜，本是同白昼比来一种相对的说法，他却是存乎意象间的一种，胡思乱想一半天，一旦觉得怀抱不凡，思索黑夜。依着他这个，则吾人所见之天地乃同讲故事的人的月亮差不多，不过嫦娥忽然不耐烦，一口气吹了她的灯。

别的都不在当中。

然而到底是他的夜之美还是这个女人美？一落言诠，便失真谛。

渐渐放了两点红霞——可怜的孩子眼睛一闭：

"我将永远是一个瞎子。"

顷刻之间无思无虑。

"地球是有引力的。"

莫明其妙的又一句，仿佛这一说苹果就要掉了下来，他就在奈端的树下。

今天下雨

今天下雨。小林想借一把雨伞出去玩。他刚打开园门树林里望了一会回来,听得细竹说道:

"下雨我不喜欢,不好出去玩。"

"你的话太说错了。"

细竹掉转头来一声道:

"吓得我一跳!"

说着拿手轻轻的拍一拍胸。这是小孩子受了吓的一个习惯。她背着小林进来的方向立住,门槛外,走廊里,他来得出乎她的不意了。琴子站在门槛以内,手上拿着昨天街上买回来的东西瞧。

"下雨你到园里去干什么?我说什么话说错了?"

她说了一句"小林这个人很奇怪",但小林未听见。

"你说下雨的天你不喜欢——"

一眼之下两人的颜色他都看了,笑道:

"你们这样很对,雨天还是好好的打扮。"

于是他的天暂且晴了,同一面镜子差不多。

另外一个雨天——

"有一回,那时我还在北方,一条巷子里走路,遇见一位姑娘,打扮得很好,打着雨伞,——令我时常记起。"

忽然觉得她们并不留意了,轻轻的收束了。有点悲哀。"那么一个动人的景致!"其实女人是最爱学样的。记忆里的样子又当然是各个人的。慢慢又道:

"那个巷子很深,我很喜欢走,一棵柏树高墙里露出枝叶来。"

这一句倒引得琴子心向往之。但明明是离史家庄不远的驿路上一棵柏树。

又这样说：

"我最爱春草。"

说着这东西就动了绿意，而且仿佛让这一阵之雨下完，雨滴绿，不一定是那一块儿，——普天之下一定都在那里下雨才行！又真是一个Silence。

低头到天井里的水泡，道：

"你们看滴得好玩。"

这时的雨点大了。

细竹道：

"我以为你还有好多话说！"

因为她用心往下听，看他那么一个认真的神气说着"我最爱春草"。她也就看水泡。

"你不晓得，我这才注意到声音。"

注意声音，声音的意思又太重了。又听瓦上雨声。

"我以前的想象里实在缺少了一件东西，雨声。——声音，到了想象，恐怕也成了颜色。这话很对，你看，我们做梦，梦里可以见雨——无声。"

"好在你说出了你是想象。你往常从北方来信，说那里总不下雨，现在你说你爱草……"琴子说着笑。

"你为什么笑？"

"笑你是一个江南的游子。"

细竹很相信的说出来了，毫不踌躇。琴子也是要这么说。两个人都觉得这人实在可爱了，表现之不同各如其面，又恰恰是两位姑娘。

"这个当然有关系。但我不晓得你们这话的意思怎么样。我其实只是一个观者，倾心于颜色，——或者有点古怪罢了。"

琴子道：

"你的草色恐怕很好看。"

又道:

"草上的雨也实在同水上的雨不同,或者没有声音,因为鼓动不起来。"

"雨中的山那真是一点响动也没有,哪怕它那么一大座山,四方八面都是雨。"细竹说。

"你这真是小孩子的话!你看见哪一个山上没有树,或者简直是大树林,下起雨来你说响不响?"

"我是说我们对面的远山。"

小林看她们说得好玩,笑了。三个人都笑。刚才各有所见,目下一齐是大门外远远的一座青山。这个山名叫甘棠岭,离史家庄一十五里,做了这故事的确实的证据。

小林又道:

"海边我没有玩,海上坐了两趟船,可惜都是晴天,没有下雨,下雨一定好玩——望不见岸看雨点。"

最后几个字吞吐着说,说得很轻,仿佛天井里的雨也下在那个晴天的海上。这当然错了,且不说那里面不平静,下起雨来真能望见几远呢?他两次坐船都未遇风浪,看日出日没。两位姑娘连帆船也没有坐过。

"有一个地方尽是沙,所以叫做沙河县,我在那里走过路,遇着雨,真是浩浩乎平沙无垠,雨下得好看极了。"

"你打伞没有?"细竹连忙说。

"不要紧,——你这一提,我倒记得我实在是一个科头,孤独得很。他们那里出门轻易不带伞,——下了一阵就完了,后来碰见一个女人骑驴子跑,一个乡下汉子,赶驴子的,跟在后面跑。北方女人同你们打扮不一样。"

这一说,她们两人仿佛又站在镜子面前了,——想到照一照。说了这一半天的话,不如这个忽然之间好看不好看的意思来得振兴。

"我要到外面去玩，你们借把雨伞我。"

"我的伞上面画了花，画得不好。"

细竹这么的思索了一下。

"我告诉你们，我常常喜欢想象雨，想象雨中女人美——雨是一件袈裟。"

这样想的时候，实在不知他设身在哪里。分明的，是雨的境界十分广。

记起楼上有一把没有打过的伞，是三哑到九华山朝山买回来的，细竹就跑上楼去，拿了下来。

她撑开看一看，不很高的打起来试一试，——琴子也在伞以内。她不知不觉的凑在姐姐一块儿。

"你们两个人——"

再也没有一个东西更形得"你们两个人"。

桥

东城外二里路有庙名八丈亭，由史家庄去约三里。八丈亭有一座亭子，很高，向来又以牡丹著名，此时牡丹盛开。

他们三个人今天一齐游八丈亭。小林做小孩子的时候，时常同着他的小朋友上八丈亭玩，琴子细竹是第一次了。从史家庄这一条路来，小林也未曾走过，沿河坝走，快到八丈亭，要过一架木桥。这个东西，在他的记忆里是渡不过的，而且是一个奇迹，一记起它来，也记起他自己的畏缩的影子，永远站在桥的这一边。因为既是木架的桥，又长，又狭，又颇高，没有攀手的地方，小孩子喜欢跑来看，跑到了又站住，站在桥头，四顾而返。实际上这十年以内发了几次山洪，桥冲坍了重新修造了两回。依然是当初的形式。今天动身出来，他却没有想到这个桥，坝上都是树，看见了这个桥，桥已经在他的面前。他立刻也就认识了。很容易的过得去，他相信。当然，只要再一开步。他逡巡着，望着对岸。细竹请他走，因为他走在先。他笑道：

"你们两人先走，我站在这里看你们过桥。"

推让起来反而不好，琴子笑着首先走上去了。走到中间，细竹掉转头来，看他还站在那里，嚷道：

"你这个人真奇怪，还站在那里看什么呢？"

说着她站住了。

实在他自己也不知道站在那里看什么。过去的灵魂愈望愈渺茫，当前的两幅后影也随着带远了。很像一个梦境。颜色还是桥上的颜色。细竹一回头，非常之惊异于这一面了，"桥下水流呜咽",仿佛立刻听见水响,望她而一笑。从此这个桥就以中间为彼岸,细竹在那里站住了,永瞻风采,一空倚傍。

这一下的印象真是深。

过了桥,站在一棵树底下,回头看一看,这一下子又非同小可,望见对岸一棵树,树顶上也还有一个鸟窠,简直是二十年前的样子,"程小林"站在这边望它想攀上去!于是他开口道:

"这个桥我并没有过。"

说得有一点伤感。

"那一棵树还是同我隔了这一个桥。"

接着把儿时这段事实告诉她们听。

"我的灵魂还永远是站在这一个地方,——看你们过桥。"

是忽然超度到那一岸去了。

细竹道:

"我乍看见的时候,也觉得很新鲜,这么一个桥,但一点也不怕。"

"那我实在惭愧得很。"

"你那时是小孩。"她连忙答应。

小林笑了。琴子心里很有点儿嫉妒,当细竹忽然站在桥上说话的时候,她已经一脚过来了,望着"丫头"背面骂一下:

"你这丫头!"

八丈亭立于庙中央,一共四层,最下层为"罗汉殿",供着"大肚子罗汉",殿的右角由石梯上楼。老和尚拿了钥匙给他们开了殿门,琴子嘱耳细竹,叫她掏出二百钱来,和尚接去又去干活去了。他们自己权且就着佛前"拜席"坐下去,彼此都好像是倾耳无声音,不觉相视而笑了。细竹问:

"笑什么?"

她自己的笑就不算数了。由低声而至于高谈,说话以休息。小林一看,琴子微微的低了头坐在那里照镜子,拿手抹着眉毛稍上一点的地方,——大概是从荷包里掏出这个东西来!圆圆的恰可以藏在荷包内。这在他真是一个大发现:"这叫做什么镜子?……"

琴子看见他在那里看了,笑着收下。他开言道:

"放下屠刀,立地成佛。"

"这句话琴姐她不喜欢,她说屠刀这种字眼总不好,她怕听。"

细竹指着琴子说。小林怃然得很。其实他的意思只不过是称赞这个镜子照得好。

"醉卧沙场君莫笑,人生何处似尊前?"

忽然这样两句,很是一个驷不及舌的神气,而又似乎很悲哀,不知其所以。

琴子笑道:

"这都不是菩萨面前的话。"

"我是请你们不要怪我,随便一点。"

他也笑了。

琴子又道:

"我们先去看牡丹罢,回头再来上楼。"

姑娘动了花兴了。细竹也同意。小林导引她们去。昨夜下了几阵雨,好几栏的牡丹开得甚是鲜明。院子那一头又有两棵芭蕉。地方不大,关着这大的叶与花朵,倒也不形其小,只是现得天高而地厚了。她们弯腰下去看花,小林向天上望,青空中飞旋着一只鹞鹰。他觉得这个景致很好。琴子站起来也看到天上去了。他说:

"你看,这个东西它总不叫唤,飞旋得有力,它的颜色配合它的背景,令人格外振精神。"

他一听,他的话没有回音,细竹虽然自言自语的这个好那个好,只是说花。他是同琴子说话。

"你为什么不答应我?"

"鹞鹰它总不叫唤,——你要看它就看,说什么呢?"

小林笑了——

"这样认真说起来,世上就没有脚本可编,我们也没有好诗读了。——你的话叫我记起我从前读莎士比亚的一篇戏的时候起的一点意思。两个人黑夜走路,看见远处灯光亮,一阵音乐又吹了来,一个人说,声音在夜间比白昼更来得动人,那一个人答道——

  Silence bestows that virtue on it, madam.

我当时读了笑,莎士比亚的这句文章就不该做。但文章做得很好。"

琴子已经明白他的意思。

"今天的花实在很灿烂,——李义山咏牡丹诗有两句我很喜欢:'我是梦中传彩笔,欲书花叶寄朝云。'你想,红花绿叶,其实在夜里都布置好了,——朝云一刹那见。"

琴子喜欢得很——

"你这一说,确乎很美,也只有牡丹恰称这个意,可以大笔一写。"

花在眼下,默而不语了。

"我尝想,记忆这东西不可思议,什么都在那里,而可以不现颜色,——我是说不出现。过去的什么都不能说没有关系。我曾经为一个瞎子所感,所以,我的灿烂的花开之中,实有那盲人的一见。"

细竹忽然很懒的一个样子,把眼睛一闭——

"你这一说,我仿佛有一个瞎子在这里看,你不信,我的花更灿烂了。"

说完眼睛打开了,自己好笑。她这一做时,琴子也在那里现身说法,她曾经在一本书册上看见一幅印度雕像,此刻不是记起而是自己忘形了,俨然花前合掌。

妙境庄严。

八丈亭

　　上到八丈亭顶上了。位置实在不低,两位生客攀着楼窗往下一望,都说着"很高"!言下都改了一个样子,身子不是走在路上了。只有自家觉着。这是同对面天际青山不同的,高山之为远,全赖乎看山有远人,山其实没有那个浮云的意思,不改浓淡。

　　刚刚走上来的时候,小林沉吟着说了一句:

　　"我今天才看见你们登高。"

　　意思是说:"你们喘气。"慢慢的就在亭子中间石地上坐了下去,抱着膝头,好像真真是一个有道之士。后来琴子细竹都围到这一块儿来,各站一边。他也记不得讲礼,让她们站。

　　"我从前总在这里捉迷藏。"

　　听完这句话,细竹四面一望——尽是窗户照眼明!转向琴姐打一个招呼:

　　"这里说话,声音都不同。"

　　"我们一起是五个孩子。我不知怎的总是被他们捉住了。有一回我捏了一把刀,——是我的姐姐裁纸扎玩意儿的一把刀子我偷了来。"

　　这一解释是专诚向琴子,叫她不要怕。琴子抿嘴笑。

　　"但是,我一不小心,把我自己的指头杀了——"

　　"不要说,我害怕!"

　　她连忙这么一撒娇,细竹,——拿手去蒙了眼睛。

　　"他们又把我捉住了。"

　　他的故事算是完了。

又轻轻向细竹的面上加一句：
"你们捉迷藏最好是披头发。"
言下是批评此一刻之前她那一动作。

枫　树

　　今天出现了一桩大事。话说放马场过去不远有一个村庄名叫竹林庄，竹林庄有一位大嫂，系史家庄的姑娘，以狗姐姐这个名字著名。十年以前，小林走进史家庄的时候，这位狗姐姐已经了不起，依嫂嫂班的说话就是"大了"。这一批做嫂子的，群居终日无所用心，喜欢谈论姑娘，那时谈狗姐姐就说狗姐姐"大了"。狗姐姐一见程小林这个孩子，爱这个孩子。日子久了，认得熟了，小林也喜欢同狗姐姐玩，同狗姐姐的弟弟名叫木生的玩。狗姐姐的一套天九牌最好看，小林爱得出奇。有时打天九，凑了狗姐姐的嫂嫂共是四人，玩得晚了，就在狗姐姐家里同木生一块儿睡觉，狗姐姐给糖他们吃。可爱的狗姐姐，她是爱小林呵，她给糖他，两指之间就是糖，小林，一个孩子，哪里懂得狗姐姐是把糖捏得那么紧？狗姐姐就在他的颊上拧他一下子。清早起来，狗姐姐房里梳头，木生同小林都来了。小林喜欢看狗姐姐梳头，站在那里动也不动一动。他简直想躲到狗姐姐的头发林里去看。他的眼睛真个是在狗姐姐的头发底下了，不知不觉的贴得那么近。狗姐姐的头发就是他的头发了，他在那里又看得见狗姐姐的眼睛。狗姐姐她那一双黑眼珠，看不见自己头发以外，看小林，口不停说话。她打岔叫木生替她去拿东西，双手捏住披散之发，低下头来亲小林一嘴。小林没有站住脚，猛的一下栽到狗姐姐怀里去了，狗姐姐连忙把他一推，猛的一伸腰，松了一只手，那手就做了双手的事情，那么快头发都交代过去了。小林害怕，但狗姐姐知道他不是淘气。有一回是三月三的夜里，大家都在坝上看鬼火，小林在场，狗姐姐也在场，——只有三哑一个人手上拿着锄头，他说那个东西如果近来了，他就一锄头敲下去。大家朝着东边的野坟望，慢慢的一盏火出现了，小林害怕，——他又喜欢望。他站在狗姐姐身前，倚靠着狗姐姐。狗姐姐道："不要怕。"握住他的手。史家奶奶道："不要怕，姐姐招呼你。"这一个静悄悄的夜，小林不能忘记，磷光的跳跃，天上的星，狗姐姐温暖的手，他拿来写了一篇文章。他从外方回来，狗姐姐早已是竹林庄的"史大嫂"了，在史家庄也见过狗姐姐几面。他曾经推想狗姐姐这样的人应该是怎样一个性格，此回再见，他觉得他推想得恰是。狗姐姐告诉他竹林庄是一个好地方，牛背山山窝里，有山有水，人物不多，竹子很茂盛，走在大路上，望不见房屋，竹子遮住了。狗姐姐没有提起他们的杏花，小林也终没有机会看竹林庄的杏花，这时早已过了开花的时候了，竹林庄的杏花很可以一看，竹林以外，位置较竹子低，远远看来又实与竹叶合颜色。清明时节，上坟的人，走放马场下去这一条大路者，望见竹林庄，唱起《千家诗》上的句子"借问酒家何处有，牧童遥指杏花村"了。小林自为惆怅，当初他一个人跑到放马场玩了一趟，何以竟没有多走几步得见竹林庄？而现在狗姐姐在竹林庄住了如此的岁月了。伤感，这人实在有的，只是若行云流水，虽然来得十分好看，未能著迹。剩下的是一个莫名其妙的气氛。这一日天气晴明，他来探访竹林庄了。他喜欢走生路，于是不走大路循山径走。离竹林庄还有一里多路，有一条小溪流，望见一个女人在那里浣衣。他暂且拣一块石头坐下，很有点儿牧歌的意兴。这女人，不望则已，越望越是他的狗姐姐。果然是狗姐姐。他见了狗姐姐，同山一样的沉默。狗姐姐她原是蹲在一块石头上，见了他，一伸腰，一双手从水里头都拿出来，那么快，一溪的水她都不管了。这一下子，她其实也同天一样，未失声，但喜笑颜开了，世上已无话说了。小林还隔在那一岸。

"你怎么想到这里来了？"

"我说来看一看姐姐住的地方,想不到就在这里遇见姐姐,——这里洗衣真好,太阳晒不着。"

说着且看狗姐姐头上枫树枝叶。树阴真不小,他在这一边也遮荫住了。对岸平斜,都是草,眼睛却只跟了这棵树影子看,当中草绿,狗姐姐衣裳白,头发乌黑,脸笑。共是一个印象。但那一件东西他分开出来了,狗姐姐洗衣的手,因为他单单记起了一幅画上的两只臂膊哩。又记起他在一个大草林里看见过一只白鸽。这是一会的工夫,做了一个道旁人,观者。又向他的狗姐姐说话:

"我刚刚过了那一个山坡,就望见那里竹林,心想这是竹林庄了。"

"你还得走上去一点,那里有桥,从那里过来,——我一会儿就洗完了。"

狗姐姐指点上流叫他去。小林见猎心喜,想脱脚过河。他好久好久没有过河了。小的时候他喜欢过河。

"我就在这里过河,我们书上说得有,沧浪之水清兮,可以濯吾缨,沧浪之水浊兮,可以濯吾足,——姐姐你不晓得,我在一个沙漠地方住了好几年,想这样的溪流想得很,说出来很平常,但我实在思想得深,我的心简直受了伤,只有我自己懂得。"

狗姐姐哈哈笑。

"难怪史家庄的人都说你变得古怪,讲这么一套话干什么呢?你喜欢过河你就过来罢。"

他偏又不过河。

"我不过,——姐姐你信不信,凡事你们做来我都赞美,何况这样的好水,不但应该来洗衣,还应该散发而洗足。我自己做的事不称我的意,简直可以使得我悲观。作文写字那另是一回事。"

这一套话又滔滔而出吗?问狗姐姐狗姐姐不晓得,她望他笑,他又神仙似的忙着掉背而走了,去过桥。慢慢的他走到这树底下来,狗姐姐已经坐在草上等他。狗姐姐好像有狗姐姐的心事,狗姐姐也摸不着头脑。

"姐姐,你的桌子上摆些什么东西呢?"

"你怎么想到这个上面去了?"

"我一面走一面想起来了。"

又道:

"我不打算上姐姐家里去,玩一玩我就回去。——我记得姐姐做姑娘的时候总喜欢拿各种颜色的布扎小人儿玩,摆镜子面前。"

"你怎么还是这个样子,小林?不懂得事!"

狗姐姐伸手握住他的手。小林心跳了,忽然之间觉到狗姐姐的势力压服他。望着狗姐姐若要哭!——这才可笑。

"好弟弟,你坐下,姐姐疼你,姐姐在旁边总是打听你。"

更奇怪,狗姐姐说着眼里汪汪的。她轻易不有这么一回事。来得无踪,去得无影,接着絮絮的说个不休,问史家奶奶好,琴子好,这个好那个好,什么也忘记了,一心说。小林坐在一边麒麟一样的善。忽然他又觉得狗姐姐的张皇,他没有见过这么一个眼色。于是他亲狗姐姐一嘴。看官,于是而有这棵枫树为证。

小林大吃一惊,简直是一个号泣于旻天的精诚,低声问:

"姐姐,怎么这样子呢?"

简直窘极了,很难得修辞,出口不称意,我欲乘风归去了,狗姐姐拍他一巴掌,看他的样子要人笑,——多可爱呵。

"历史上说过萧道成之腹,原来——恐怕是如此!"

"我不晓得你说什么!"

"萧道成是从前的一个皇帝。"

"你看你——说从前的皇帝干什么呢?"

"他生得鳞文遍体,肚子与平常人不同,人家要杀他,假装射他的肚子玩。"

狗姐姐这才会得他的意思。

"我生了一个孩子——死了。"

这一句,声音很异样,使得小林万念俱休,默默而一祝:
"姐姐你有福了。"
于是他真不说话。狗姐姐还要说一句,拍他一巴掌——
"女人生了孩子,都是这个样子,晓得吗?"
临走时,狗姐姐嘱咐他:
"小林,不要让别人知道。"
哀莫哀兮生别离乎,不知怎的他很是悲伤,听了狗姐姐这一嘱,倒乐了——
"姐姐,你真把我当了一个弟弟,我告诉你知道,小林早已是一个伟人物,他的灵魂非常之自由。"

梨花白

　　自从枫树下与狗姐姐的会见以后，好几天，他彷徨得很，朝亦有所思，暮亦有所思。若问他："你是不是思想你的狗姐姐？"那他一定又惶恐无以对。因为他实在并不能说是思想狗姐姐，狗姐姐简直可以说他忘记了。

　　一天，胡乱喝了几杯酒，一个人在客房里坐定，有点气喘不过来，忽然倒真成了一个醉人了，意境非常。他好像还记得那一刹那的呼吸。"我与人生两相忘，那真是……"连忙一摆头，自己好笑。"那正是女人身上的事哩。"但再往下想，所有他过去的生活，却只有这一日的情形无论如何记不分明，愈记愈朦胧。

　　细竹步进来了，舌头一探，且笑，又坐下，并没有同他打招呼，走到这儿躲避什么的样子。

　　顿时他启发了一个智慧似的，简直要瞑目深思，——已经思遍尽了。因了她的舌头那么一探。那一天在八丈亭细竹忽然以一个瞎子看花红，或者是差不多的境界。但他轻轻问：

　　"什么？"

　　"琴姐她骂我。"

　　原来如此，对她一笑，很怅惘，地狱之门一下子就关了，这么一个空虚的感觉。

　　细竹她怎么能知道他对她看"是留神我的嘴动呢"？她总是喜欢讲自己的事，即如同琴子一块儿梳头动不动就是"你看我的头发又长了许多"！所以此地这样写，学她的口吻。她告诉他听：

　　"我们两人裁衣，我把她的衣服裁错了。"

"你把她的衣服裁错了？那你实在不好。"

"你也怪我！"

说着要哭了。

"做姑娘的不要哭，哭很不好看，——含珠而未发是可以的。"

她又笑了——

"你看见我几时哭了？"

小林也笑。又说：

"这两件事我平常都思想过，裁衣——"

"你这样看我！"

又是一个小孩子好哭的神气，说他那样看她。

"你听我说话，——你怎么会裁错了？我不能画画，常有一个生动之意，觉得拿你们的剪子可以裁得一个很好的样子，应该非常之合身。"

细竹以为他取笑于她，不用心听，一心想着她的琴姐一定还在那里埋怨。她本是靠墙而坐，一下子就紧靠着（壁上有一幅画，头发就倚在上头，又不大像昂头）自己埋怨一句：

"我损伤了好些材料。"

小林不往下说了，他要说什么，自己也忘了。所谓"这两件事"，其一大概是指剪裁。那一件，推考起来，就是说哭的。他常称赞温廷筠的词做得很好，但好比"泪流玉箸千条"这样的句子，他说不应写，因为这样决不好看，何必写呢？连忙又把这意见修正一点，道："小孩子哭不要紧。"言下很坚决，似实有所见。

慢慢的两人另外谈了许多，刚才的一段已经完了。细竹道：

"琴姐，她昨夜里拿通草做了好些东西，你都看见了没有？"

"她给那个蜻蜓我看，我很喜欢。"

"是我画的翅膀，——还有一枝桃花，一个佛手，还照了《水浒》上的鲁智深贴了一个，是我描的脸。"

看她口若悬河，动得快。小林的思想又在这个唇齿之间了。他专听了"有一枝桃花",凝想。

回头他一个人,猛忆起两句诗——

　　　　黄莺弄不足
　　　　含入未央宫

一座大建筑,写这么一个花瓣,很称他的意。又一想,这个诗题是咏梨花的,梨花白。

树

　　琴子细竹两人坝上树下站着玩。细竹手上还拿了她的箫。树上丁丁响，啄木鸟儿啄树，琴子抬头望。好大一会才望见了，彩色的羽毛，那个交枝的当儿。那嘴，还是藏着看不见。这些树都是大树，生意蓬勃，现得树底下正是妙龄女郎。

　　她们的一只花猫伏在园墙上不动，琴子招它下来。姑娘的素手招得绿树晴空甚是好看了。

　　树干上两三个蚂蚁，细竹稀罕一声道：

　　"你看，蚂蚁上树，多自由。"

　　琴子也就跟了她看，蚂蚁的路线走得真随便。但不知它懂得姑娘的语言否？琴子又转头看猫，对猫说话：

　　"惟不教虎上树。"

　　于是沉思一下。

　　"这个寓言很有意思。"

　　话虽如此，但实在是仿佛见过一只老虎上到树顶上去了。观念这么的联在一起。因为是意象，所以这一只老虎爬上了绿叶深处，全不有声响，只是好颜色。

　　树林里于是动音乐，细竹吹箫。

　　这时小林走来了。史家庄东坝尽头有庙名观音寺，他一个人去玩了一趟，又循坝而归。听箫，眼见的是树，渗透的是人的声音之美，很是叹息。等待见了她们两位，还是默不一声。细竹又不吹了。

　　兀的他说一句：

　　"昨夜我做了一个很世俗的梦，醒转来很自哀，——世事一点也

161

不能解脱。"

说着是一个求救助的心。光阴如白驹过隙，而一日之中本来可以逝去者，每每又容易要人留住，良辰美景在当前忽然就不相关了。琴子看他，很是一个哀怜的样子，又苦于不可解，觉得这人有许多地方太深沉。

"世俗的事扰了我，我自己告诉自己也好像很不美，而我这样的灵魂居然就是为它所苦过了。"

细竹道：

"一个人的生活，有许多事是不能告诉人的，自己厌烦也没有法子。"

小林对她一看："你有什么事呢？"不胜悲。他总愿他自己担受。好孩子，他不知他可笑得很，细竹随随便便的话，是一个简单的事实，科学的，成年的女子，一年十二个月。今天她兴致好，前两天很不舒服。

他又告诉她们道：

"我刚才到观音寺去玩了一趟，真好笑，八九个老婆婆一路烧香，难为她们一个个人的头上都插一朵花。"

"你怎么就个个奶奶头上都看一下？"

琴子说，简直是责备他，何致于要这样的注目。

"你没有看见，我简直踌躇不敢进，都是一朵小红花，插住老年的头发，我远远的站定，八九个人一齐跪下去，叩首作揖，我真真的侥幸这个大慈大悲的菩萨只是一位木偶——"

仿佛怕佛龛上有惊动。此刻说起来，不是当面时的意思重了。

"我平常很喜欢看观世音的像。"

又这一说。细竹一笑，记起她的琴姐的"观世音的净瓶"。

慢慢他又道：

"老年有时也增加趣味。"

"你的字眼真用得古怪，这里怎么说趣味呢？"

琴子说着有点皱眉毛,简直怕他的话。

"这是另外一件事。我有一回看戏,一个很好看的女戏子打扮一个老旦,她的拄杖捏得很好玩,加了我好多意思,头上裹一条黄巾,把她的额角格外配得有样子。我想这位姑娘,她照镜子的时候,一心留意要好看,然而不做这个脚色,也想不到这样打扮。"

细竹道:

"那你还是爱我们姑娘会打扮。"

惹得琴子笑了,又好像暗暗的骂了一下"这个丫头"。

"我还记得一个女戏子,这回是戎马仓皇,手执花枪,打仗,国破家亡,累得这个姑娘忍了呼吸,很难为她。我看她的汗一点也不流了她的粉色。"

于是细竹指着琴子道:

"前年我们两人在放马场看戏,一个花脸把一个丑脚杀了,丑脚他是一个和尚,杀了应该收场,但他忽然掉转头来对花脸叫一声'阿弥陀佛'!这一下真是滑稽极了,个个都钉了眼睛看,那么一个丑脚的脸,要是我做花脸我真要笑了,不好意思。"

小林笑道:

"厌世者做的文章总美丽,你这也差不多。"

"那一回我还丢了一把扇子,不晓得是路上丢的是戏台底下丢的。"

"我以后总不替你写字。"

那一把扇子琴子写了字。这个当儿小林很好奇的一看,如临深渊了,澈底的认见这么两个姑娘,一旁都是树。

琴子望坝下,另外记一件事——

"去年,正是这时候,我在这里看见一个人牵骆驼从河那边过来。"

"骆驼?"

"我问三哑叔,三哑叔说是远地人来卖药草的。"

"是的，我也记得一只……多年的事。"

那时他很小，城外桥头看钓鱼，忽然河洲上一个人牵骆驼来了，走到一棵杨柳树底下站住，许多小孩子围了看。

"北方骆驼成群，同我们这里牛一般多。"

这是一句话，只替他画了一只骆驼的轮廓，青青河畔草，骆驼大踏步走，小林远远站着仰望不已。

转眼落在细竹的箫的上面。

"我不会吹。"

但弥满了声音之感。

Silence有时像这个声音。

塔

细竹给画小林看,她自己画的,刚画起,小小的一张纸,几根雨线,一个女子打一把伞。小林接在手上默默的看。

"你看怎么样?"

说着也看着小林的手上她的作品。连忙又打开抽屉,另外拿出一张纸——

"这里还有一个塔。"

"嗳呀,这个塔真像得很,——你在哪里看见这么一个塔?"

他说着笑了,手拿雨境未放。惊叹了一下,恐怕就是雨没有看完,移到塔上。

她也笑道:

"那你怎么说像得很呢?我画得好玩的。昨夜琴姐讲一个故事,天竺国有一佛寺,国王贪财,要把它毁了它,一匹白马绕塔悲鸣,乃不毁。她讲得很动人。"

说话容易说远了,她只是要说这是她昨天晚上画得好玩的。灯下,琴子讲话,她听,靠着桌子坐,随手拿了一支笔,画,一面答应琴子"这个故事很动人",一面她的塔有了,掉转身伸到琴子的面前——这时琴子坐在那里脱鞋——"你看我这个画得怎么样?"

小林不由得记起他曾经游历过的湖边礼拜堂的塔,很喜欢的说与这位画画人听:

"有一个地方我住了一个夏天,常常走到一个湖边玩,一天我也同平常一样走去,湖那边新建的礼拜堂快成功了,真是高耸入云,出乎我的意外,顶上头还有好些工人,我一眼稀罕这工程的伟大,而又实在的觉得半空中人的渺小。当下我竟没有把两件事联在一起。"

说着有些寂寞,细竹一心在那里翻她的抽屉。然而这个寂寞最满意,大概要以一个神仙谪贬为凡人才能如此,因为眼前并不是空虚,或者是最所要看一看的了。

看她低了头动这个动那个,他道:

"你不听我讲道理。"

"你说,我听,——今天我有好些事要做。"

她答应了好几个小孩替他们做粽子过端阳。

于是他又看手中画,仿佛是他的灵魂上的一个物件,一下子又提醒了。细竹的这一把伞,或者真是受了他的影响,因为那一日雨天的话。骤看时,恐怕还是他自己的意思太多,一把伞都替他撑起来了,所以一时失批评。至于画,从细竹说,她一点也不敢骄傲。

"我在一本日本画集上见过与你这相类似的,那是颜色画。颜色,恐怕很有些古怪的地方,我一打开那把著色的伞,这个东西就自己完全,好像一个宇宙,自然而然的看这底下的一个人,以后我每每一想到,大地山河都消失了,只有——"

说着不由得两边一看,笑了——

"惟此刻不然。"

把这个屋子里的东西,桌子,镜子,墙上挂的,格外认清的看一下了,尤其是细竹眉目的分明。

细竹也很有趣的一笑。

"真的,我不是说笑话,那画的颜色实在填得好。"

细竹心想:"我几时再来画一张。"把红的绿的几种颜料加入了意识。于是而想到史家庄门口塘的荷花,于是而想到她自己打伞,这样对了小林说:

"下雨的天,邀几个人湖里泛舟,打起伞来一定好看,望之若水上莲花叶。"

小林听来很是欢喜——

"你这一下真走得远。"

说着俨然望。细竹没有明言几个什么人,而他自然而然的自己不在这个船上了。又笑道:

"那你们一定要好好的打扮,无论有没有人看。"

忽然之间,光芒万丈,倒是另外一回事来得那么快,得意——

"细雨梦回鸡塞远,你看,这个人多美。"

又是一个女人。

细竹不开口。

"可惜我画不出这个人来,梦里走路。"

"我这才懂得你的意思——你说这个人做梦跑到塞外那么远去了是吗?"

"不是跑。"

说得两人都笑了。

"我向来就不会做文章。"

"这一句诗平常我就很喜欢,或者是我拿它来做了我自己的画题也未可知。——这样的雨实在下得有意思,不湿人。"

"我同琴姐都很佩服你,有的时候听了你的谈话,我们都很自小,赶不上你。"

姑娘一面说一面拿了一张纸折什么,很是一个谦恭的样子。这个话,小林不肯承认,简直没有听,称赞他算不了什么,上帝的谦恭完全创造在这一位可爱的姑娘面上!所以他坐在那里祈祷了。

看她折纸玩,同时把手上她的画安放到桌上。

他又说话:

"我常常观察我的思想,可以说同画几何差不多,一点也不能含糊。我感不到人生如梦的真实,但感到梦的真实与美。"

"我做梦我总不记得。"

低了头手按在桌上,好像要叠一朵莲花。

桥

"英国有一位女著作家,我在她的一部书里头总忘不了一句话,她的意思好像说,梦乃在我们安眠之上随喜绘了一个图。"

"这话怎么讲?"

"你想,就是一个最美之人,其睡美,不也同一个醉汉的酣睡一样不可思议吗?——"

细竹抬了头,他说得笑了。

"有了梦才有了轮廓,画到哪里就以哪里为止,我们也不妨以梦为大,——要不然,请你闭了眼睛看一看!"

望着她的眼睛看,又是——

"我小的时候总喜欢看我姐姐的瞳人。"

细竹懂得了,而且比他懂得多,她道:

"这样看起来,人生如梦倒是一句实在话,是你自己讲的。"

小林不语。

她果然是叠一朵莲花。

"不管天下几大的雨,装不满一朵花。"

一吹开,两个指头捏定指示起来了。

小林的眼睛不知往哪里看。

故 事

　　细竹不知上哪里玩去了,小林也出去了,琴子一个人在家,心里很是纳闷。其实是今天早起身体不爽快,不然她不致于这样爱乱想。她想小林一定又是同细竹一块儿玩去了,恨不得把"这个丫头"一下就召回来,大责备一顿。她简直伏在床上哭了。意思很重,哭是哭得很轻的。自以为是一个了不起的日子,没有担受过,坐起身来叹一声气。

　　"唉,做一个人真是麻烦极了。"

　　起来照一照镜子,生怕头发蓬得不好看,她不喜欢那个懒慵慵的样子。眼睛已经有点不同了,著实的熨帖了一下。又生怕小林这时回来了。那样她将没有话说,反而是自己的不应该似的。

　　"唉,做个女子真不好……"

　　不由己的又滚了两颗泪儿了。这时是镜子寂寞,因为姑娘忽然忘了自己,记起妈妈来了。可怜的姑娘没有受过母爱。又记起金银花,出现得甚是好看……

　　花是年年开,所以远年的东西也总不谢了,何况姑娘正是看花的年龄,难怪十分的美好。

　　"细竹,这不能说,我不愿他爱你,但我怕……"

　　一句话又不能得了意思。

　　慢慢的小林回来了,那个脚步才真是空谷足音哩,姑娘实在感到爱的春风了,不,是一个黄昏——这时,人,大概是为万物之灵了,Sappho歌了一首诗。

　　小林见她一笑:

"今天外面天气很好，你怎么不出去玩？"

"你来打动了我，我正想着两句话伤心，我很爱：'鸟之将死，其鸣也哀；人之将死，其言也善。'"

"你今天恐怕是不舒服。"

"我长久不记得我的母亲，今天我忽然想我的母亲了。"

小林不胜同情之感，简直受了洗礼了，觉得那个样子太是温柔。又异想天开，很是自得，不由得探问于姑娘：

"你们的记忆恐怕开展得极其妙善，我想我不能进那个天国，——并不一定是领会不到。"

说着是一个过门而不入的怅惘。琴子启齿而笑了，实在要佩服他。

"你在哪里玩得回来？"

"细竹真好比一个春天，她一举一动总来得那么豪华，而又自然的有一个非人力的节奏，——我批评不好。刚才我在河边玩，好几位嫂嫂在那里洗衣服，她们真爱说话，都笑我，我跑开了。走到坝上，望见稻场那边桑树脚下聚了许多孩子，我走去看，原来细竹她在树上，替他们摘叶子。她对我笑……"

这个印象殊不好说了。他刚刚到了那棵树的时候，她正一手攀了枝子绿叶之中低下头来答应一个孩子什么，见了小林站在那里，笑着分了一下眼睛好像告诉他她有事了。这个桑树上的一面，大概就是所谓"豪华"之掇拾，然而当时他茫茫然一个路人之悲了，随即一个人走到树林里徘徊了好久。此刻说来，又不知不觉的是一个求助的心，向了当面之人。

琴子实在忍不住哭了。

他的担子忽然轻了，也哭了。连忙又说话：

"我分析我自己，简直说不通，——人大概是生来赋了许多盲目的本能，我不喜欢说是情感。我常想，这恐怕是生存的神妙，因为同类，才生了许多题目。我们在街上见了一个杀人的告示，不免惊心，然而过屠门而要大嚼；同样，看花不一定就有掐花之念，自然也无所谓悲欢。孔子说,'鸟兽不可与同群',这里头是可以得到一个法则。"

这些话胡为而来,琴子很不明白,看他的样子说得太动情。

"你以后不要同细竹玩。"

她轻轻这一说又把他说得哭了。

她也哭了。

"你有许多地方令人害怕,——或者是我赶不上你。"

"你的意思我仿佛能了解,——我其实是一个脚踏实地者,我的生活途中未必有什么可惊异的闯客。就以今日为止,过去我的生活不能算简单,我总不愿同人絮说,我所遇见的一切,都造化了我。人生的意义本来不在它的故事,在于渲染这故事的手法,故事让它就是一个'命运'好了,——我是说偶然的遭际。我所觉得最不解的是世间何以竟有人因一人之故制伏了生活,而名之曰恋爱?我想这关乎人的天资。你的性格我不敢轻易度量,在你的翅膀下我真要蜷伏——"

看着琴子的眼睛,觉得哭实在是一个损伤,无可如何。

"我们两人的'故事',恐怕实在算得很有趣的一个。"说得琴子微笑。

"唉,天地者万物之逆旅,应该感谢的。"

这是忽然又有所思了,坐在那里仰望起狗姐姐来了。

回头他一想:"今天四月二十六,前次上八丈亭玩,正是三月二十几,回来她也不舒服,好几天不大吃东西……"于是堕入"神秘"了。太阳落山的时候,坝上玩,遇见"东头"的一位大嫂挑水,捏了桃子吃,给他一个,他拿回来给琴子,琴子接着喜欢极了。

"你往桃树林去了吗?怎么只买一个呢?"

她以为他从桃树林买回来的。离史家庄不远一个地方,几户人家种桃子,名叫桃树林。

还没有点灯,她一个人坐在房里吃桃,酸极了,把姑娘的眼睛闭得甚是有趣。

桃　林

琴子睡了午觉醒来，听得细竹在天井里，叫道：

"细竹，你在那里干什么？"

"这不晓得是一个什么虫，走路走得好玩极了。"

"在哪里？"

"阳沟里。"

"你来我有话告诉你。"

于是她伸腰起来，呀的一声险些儿被苔藓滑跌了，自己又站住了。那个小虫，真不晓得是一个什么虫，黑贝壳，姑娘没有动手撩它，它自然更不晓得它的舆地之上，只有一寸高的样子，有那么一幅白面庞，看它走路走得好玩极了。

"你到桃树林去买桃子回来吃好吗？"

她走到了姐姐的面前，荷包里掏出手巾来蒙了脸，装一个捉迷藏的势子玩。

"我同你说正经话你总喜欢闹。"

"好，我去买桃子，你不要哭。"

"真讨厌！你几时看见我哭了？"

细竹想再回她一句，话到口边不成言了，只好忘记了。因为正对了镜子（既然答应了出去买东西，赶忙端正一端正）低目于唇上的红，一开口就不好了。

这个故事，本来已经搁了笔，要待明年再写，今天的事情虽然考证得确凿，是打算抛掉的，因为桃树林这地方，著者未及见，改种了田，只看得见一条小河流，不肯写。桃之为果是不能经历岁时的了。一位好事者硬要我补足，愿做证明，说当初那主人姓何，与他有过瓜葛，他亲见桃园的茂盛，年年不少人来往，言下很是叹息。

今年二月里，细竹同琴子一路来了一趟，那时是看花。这桃，据说不是本地种，人称为"面桃"，大而色不红。十几亩地，七八间瓦屋，一湾小溪，此刻真是溪上碧桃多少了。今天天阴而无雨，走路很不热，小林，因为昨天听了琴子的话，向一个孩子打听得桃树林，独自走来了，想不到细竹随后来了。他玩了不小的工夫，地主人名叫何四海，攀谈了好些话，他说他从史家庄的史家奶奶家来。史家奶奶是四远驰名的了。何家的小姑娘导引细竹进来，他正走在桃畦之间，好像已经学道成功的人，凡事不足以随便惊喜，雷声而渊默，——哀哉，桃李下自成蹊，人来无非相见，意中人则反而意外了，证天地之不幻，枝枝果果画了这一个人的形容。看官，这决不是诳语，大块文章，是可以奏成人的音乐，只可惜落在我的纸上未必若是其推波助澜耳。

细竹当下的欢喜是不待说的，她开口道：

"你怎么在这里呢？你来你怎么不告诉我们呢？"

另外的那个小姑娘莫明其妙，只有她是现得在树的脚下，简直是一只小麻雀，扎那么一个红辫子，仰起头来仿佛看"细竹姑姑"怎么这么的晓得说话？她叫细竹叫细竹姑姑，去年便认熟了。

"女！把细竹姑姑牵来喝茶。"

原来她就叫做"女"，小林好笑了。女的妈正在"灶上"忙午饭，嚷嚷。细竹姑姑远远的谢她一声。

"开了没有？开了。"

灶孔里掏出沙罐来，忙着问水开了没有，开了。

"琴姐她叫我来买桃子，要晓得你来我就不用得跑这一趟了。"

然而女拉着细竹姑姑的手要去喝茶了。

小林本来是一个悲思呵，笑而无可说的了。何四海背了箩筐又来同他谈。筐子里的桃都是拣那大的摘了下来。

"随便请一两个罢,刚下树的好吃。"

"谢谢你,回头我同细竹姑娘一路买几斤。果子吊在树上我还是今天在你这里初次见。"

"不要跑,丫头!要跌一跤才好!"

女拿着称桃子的秤向这里跑来了,爸爸叫她不要跑。

"妈妈说细竹姑姑要四斤,叫你称。"

于是何四海称桃。

小林一望望到那里去了,细竹也出来了。

"你不要跑呵。"

她也有点跑哩。可怜的孩子,正其瞻视,人生在世随在不可任意,不然这就是临风而泣的时候了。他觉得那衣样,咫尺之间,自为生动。

这回又是那个胸襟。美人的高蹈,是不同的,所谓"雪胸鸾镜里",那还是她们自己妆台放肆罢了,恐怕不及这自然与人物之前天姿的节奏。

"嗳呀,何老板,你都把这大的称给了我们。"

看了这称好了的一堆桃子,低下身去很知礼的说。

女的妈也来了,她走近何四海,说一句:

"我们的饭熟了。"

看了四斤桃子——四斤桃子的钱她在灶上细竹就给了她她装到荷包里去了,还要说:"哈哈哈,还要给钱吗?"看了四斤桃子,她一句:

"拿什么装呢?"

细竹掏出她的手巾。

"这条好手巾?"

又一句,她的女挨到她的兜里拉住她的手了。

"饭熟了,吃饭的都回来了。"

又说给何四海听,要他去吃饭,"吃饭的都回来了",是说他们家里请的三个长工。看他是要走了，女也拉着她走，她还晓得要说话：

"细竹姑姑，你就在我这里吃一点吗？——哈哈哈，不吃。"

细竹要开口，她就晓得是说不吃。其实细竹说出来是——

"我不饿。"

两样的话差不多是一齐开口，不过她先了一个"哈哈哈"了。

于是他们走了，留了这两位观客。

一眼见了一棵树上的一个大桃子，她恰恰可以攀手得够，细竹稀罕着道：

"嗳呀，这一个桃子才真大。"

于是忍不住要淘气一下，远远的又叫住何四海：

"何老板，我把你们的桃子再摘一个呵。"

"好罢，不要紧，你自己摘罢。"

一摘就把它摘下来了，喜欢极了，还连了两瓣叶子。这个她就自己手上拿着。

小林也看着这个桃子喜欢极了。

忽然他向她讲这样的话：

"我有一个不大好的意见，——不是意见，总之我自己也觉着很不好，我每逢看见了一个女人的父和母，则我对于这位姑娘不愿多所瞻仰，仿佛把她的美都失掉了，尤其是知道了她的父亲，越看我越看出相像的地方来了，说不出道理的难受，简直的无容身之地，想到退避。"

"你这实在不好，我总喜欢人家有父母。"

"我仿佛女子是应该长在花园里，好比这个桃林，当下忽然的一见。"

细竹笑了——

"你原来是讲故事，编我。"

"不是的。"

说着也笑了，然而窘。

"前天晚上我做了一个梦，我说告诉你又忘记了，我梦见我同你同琴子坐了船到那里去玩，简直是一片汪洋，奇怪得很，只看见我们三个人，我们又没有荡桨，而船怎么的还是往前走。"

"做梦不是那样吗？——你这是因为那一天我们两人谈话，我说打起伞来到湖里坐船好玩，所以晚上你就做这个梦。"

"恐怕是的，——后来不知怎样一来，只看见你一个人在船上，我把你看得分明极了，白天没有那样的明白，宛在水中央。"

连忙又一句，却不是说梦——

"嗳呀，我这一下真觉得'宛在水中央'这句诗美。"

细竹喜欢着道：

"做梦真有趣，自己是一个梦自己也还是一个旁观人，——既然只有我一个人在水中央，你站在哪里看得见呢？"

她这一说不打紧，小林佩服极了。

她又说她口渴，道：

"我有点渴。"

"刚才何大娘请你喝茶——"

"我把这个桃子吃了它罢。"

指着自己手上的桃子请示。小林笑道：

"好罢。"

她动嘴吃桃，咬了一块，还在舌间，小林却无原无故的瞪眼看这已经破口的东西——欲言不语了。

慢慢他这样说：

"细竹，我感得悲哀得很。"

说得很镇静。

"这个桃子一点也不酸。"

"你看，虽然是你开口，这个东西很难看了。"

细竹看他一下，一个质问的眼光。

桃　林

他也就笑——
"好，你把它吃完了它。"
这个意思是，看她吃得很好玩了，桃子没有了。
细竹要回去，说：
"我们回去罢，时候不早。"
"索性走到那头去看一看。"
"那头不是一样吗？"
她一眼望了那头说，要掉背了。
小林也就怅望于那头的树行，很喜欢她的这一句话。

下 卷[①]

水 上

　　这个故事写到这里要另外到一个地方。

　　这同以前所写的正是一年的事情。节序将是中元，乡人妇男老幼上什刹山朝山的日子。前年史家奶奶曾携了琴子细竹去过什刹山一遭，那时细竹方学会自己梳头，住在一个庵里得意的了不得，那里的修竹流泉在此乡是最有名的，天气又是炎阳未尽，秋风晚凉，二位姑娘带来新做的衣裳，一日要几易装，大现其少女身手，秋色也都是春光了。但细竹又颇有点生气的事，那个庵堂名叫天后庵，在她的日记里有一则这样写："真可气，天后庵老当家的总是把我当一个小孩看待，今天早起又给云片糕叫我吃。我还没有梳头哩。等琴姐起来我给她，看她要不要。"云片糕是打发小孩子的一种糕果。不知道是不是这个理由，今年天后庵的老尼又带信来请客，细竹她不同意去了。她说她喜欢到那里去玩一趟，但什刹山她今年不去。她说她很想坐船玩。于是小林笑道："你们其实都是大人物，而足迹未出百里以外，真是叫人不相信，这回我陪你们走远一点好不好呢，我们到天禄山去？天禄山有山有海，秋天的红叶听说非常好，还有一个地方叫做虎溪，夹岸桃花十里路的颜色，我也只是听见人家讲，现在这时候我们去也看不见。"说着他倒好像梦见过天禄山虎溪桃花似的。细竹喜欢着道："那好极了，我们就到天禄山去，即日就起程！奶奶也一定让我们去，她老人家常说她从前还是做小姑娘的时候，天禄山传戒，跟着大人去了一些日子，现

　　[①] "上卷"各篇由开明书店于1932年结集出版。"下卷"各篇散载于《新月》《学文》《大公报》《文学杂志》等处，仅成九节。现据原刊排印。

在我们三人去,奶奶一定喜欢。我就想看海!"琴子听来也很有点动心,但她不出主意,她捏了一本书在那里看。此时三人盖坐在客房里谈"朝山"。细竹看着琴子不理会,不觉扫兴道:"琴姐,你不答应去,我以后总不同你玩。"说得琴子微笑了。她又连忙凑近姐姐的耳朵唧哝:"只要你说去,奶奶一定非常喜欢,你跟我们一路出去玩一趟,住多住少都随你,回来你就做新娘子,——反正事情我都知道。"她这一说时,各人于一阵天真的欢喜之上,加了一个沉默。世间的不则一声,也正是大千世界——灵魂之相,所以各人的沉默实有各人的美丽了。小林与琴子,大概菊花开时,将成夫妇之礼。这自然是一件赏心的乐事,而且,天下万般,轮到善于画梦之人,当前又格外的容易是一个奇迹,得而复失的江山,尚且是别时容易见时难,何况未知的国度呢?细竹的欢喜之花,好像不在这一棵树上,但少小相从的女伴,最是异梦而同彩色,每每对映为红,她与琴子更是有着姊妹的绿叶之荫了。小林常说她实在是一个仙才,或者正因此,此刻三人面面相觑,好不可说的大大的一个人间的冷落。琴子的心境很有一种福地,她相信,由得她,她把她的闺门一手建筑得一座好楼台,但再一望,一个人怎么的又丝毫无把握似的,只有她的女儿之泪倒实实在在的可以洒净她自己的心胸。大概世间女子都是命命鸟,善有听命之情,不负戾天之翼。她爱小林,同时就很有一个稚气的骄傲,仿佛自居于天之骄子,接着却每每的暗自拭泪了,她也说不出是为什么来。她知道,自从小林回乡,她一点感伤情绪没有,泪珠儿也正是她的温情。有一回她却无意之间向小林说玩话道:"我们家的人命运都不好,奶奶替我算命,算命先生说这位小姐八字好,小姐可想不出这个好字要怎么写法才算好。"实在她不是说自己,自己倒是忘记了,她的意识里头总有向小林致一个祝福之诚,仿佛怕小林前途不平安,自己又可气自己这么一个女孩子气。当下小林笑着答她的话道:"我记得我们小孩子的时候,我教你习字,小姐如今长大了,也请不要骄傲,请拿妙手出来，让我在手心里写一个好字。"说得琴子面上吹着爱情之风了。然而不是今天的话，今天且不多讲。今天他们三人同意，将游天禄山了。史家奶奶也说那很好，只是叫他们去了就得住一月半月，不可尽在路上累着了。天禄山有一鸡鸣寺，史家奶奶曾经是一位施主，他们去可以受鸡鸣寺的招待了。天禄山不在此邑境内，是三百里知名的丛林，位于海上，佛寺一十二处，其最大者曰明光寺，一年四季，烧香许愿，游山玩水，不少人来往，尤其是在明光寺传戒的时候，来客都是毗连四州县有名之家。由史家庄动身到天禄山，有三日之程，这个故事的三个人物，是七夕以前走的，因为细竹的生日刚好是这一个巧日，我们有她在天禄山过生日的笔记可考了。

　　我们可以说一说到天禄山的地势。此邑分山区与水区，亦称上乡与下乡，下乡人惯在船上过生活，上乡路行乘车，邑城一带介乎山水之间，既无高山，亦无大泽，算得个山明水秀，流水架以小桥，沙滩每映竹林，亦不知舟为何物了。上乡与邑城最通往来，邑城与下乡，除了士子远游，或者买卖人，或者朝山拜庙之客，其余的真是不辨方向了，又罕通姻亚。由史家庄去天禄山，大早起身，车行十五里，达一船埠，往下便是下乡地界，穿湖入港，昼夜兼行，经过三个码头，第三日已入他乡之境，更乘竹轿直达天禄山。小林对于这些路程是颇有习惯的，虽然天禄山他也是第一回的游客。琴子细竹，初次到了水上，于不自由之下真真有一个自由之态，两人交头接耳，说话的声音也格外小，水阔天空也格外听见人的声音似的，令人有海燕双双茫茫秋水的印象，而临风独立，绝岸倩影，惟人生有此美画图。琴子有点晕船，她一坐在船内，就无话说，慢慢的人的灵魂仿佛忽然的成一个蜘蛛之网，随烟水为界，无可著目之点，她的两位旅伴就是她自身，是她最所亲爱的，两人絮絮叨叨的说一些什么，她如在梦中听过去了。这样舟行大概有十里。忽然细竹招呼姐姐，叫姐姐一声，她不知她为什么这么的无精打彩了。于是她自己也无精打彩,看着姐姐病了似的。小林没有见过琴子这么个面容,明眸淡月,发彩清扬,若不可风吹,于是他也望着琴子出神。琴子浅笑道:

"我们再也不能回去!"

说着她倒身细竹怀里埋头伏着妹妹的膝头。

"姐姐,你起来!"

"我晕船。"

奇怪,细竹从来不像此刻这样离不开琴子,琴子就在她身前,但她觉得看不见琴子似的,她要她抬头了,一会儿两眼天真的有着泪相。于是她拿手撩琴子的发,让她睡,一面又抬望眼,又同小林说话:

"这么多的水,我们在家里怎么看不见?"

小林不由得很有一个寂寞之感,他在这姊妹二人跟前顿时好像一个世外人,听了细竹这一问,他又笑了,喜欢着道:

"你这话我完全想象不出,照你这意思,我们住在舆地,就好比手上拿了一幅画图,随便指点得什么出来。你们两人现在是坐在船上,还是你们家门的影子很深,我听了你们的话,也很孤寂的站在门外。"

"你这话才说得好玩,——你虽然是在我们家里做客,可不也是我们家的人吗?我倒真算得一个客人。"

细竹这一说,她倒一个人坐在那里起着得未曾有的寂寞了。姑娘生来是绿叶蓬勃,密密无著红之点,一旦最高一朵,大是一个忘忧的杜鹃,无风惊绿了。但小林一心说他的话——

"我好像风景就是我的家,不过我也最有我的乡愁。"

说着他不解细竹为何这么一个先入为主的神气,于是水上最现得沉默了。他慢慢在那里画画,细竹今天格外打扮得好看,轻描淡写之衣,人世不可有梦中颜色,当面的美女子只好低头不语了。真的,眼前见在,每每就是一个梦之距离,造物的疏忽最为绝对的完全了。细竹一抬头，懒懒的说一句道：

"我也要困。"

"你们两人都困，让这个船载我一个人走。"

"怎么是载你一个人走呢？我看你也不够做一个风景的画家！我们各人有各人的烦恼，反正也是陪你走到岸上。"

此言其实是天籁，她一说完她也不理会她说了一句什么，但她看着小林两泪盈眶了。泪珠儿一吊就吊了。

"小林，你哭什么呢！"

于是她也哭了。小林听见她第一次这样叫他的名字。琴子伏膝实未入睡，昏沉着也未听他们两人说话，人世泪意仿佛能够惊动人，琴子仰首了。细竹不去看她，一看姐姐她将又要哭，她也不知为什么。琴子心想："这丫头干什么？"但精神为之一爽，思有以安慰妹妹，凡事都如梦里醒来，亦无觉处了。

"细竹，我这么多年来还没有离开奶奶过一天。"

"你还晕船不呢？"

"不，——你靠我睡一会儿好不好？"

"我不困。"

"晕船最好是朝两岸去望，不要一心想在这个船上。"

荡船的从船后头同他们打一句招呼了。他们好像好久不听见人言，感得声音的可爱了。这时船已经从宽阔的水面走在一个洲身的近旁，秋云暧暧，草野如锦，水牛星散，是他们很少见过的耕牛。琴子望着远远的牛说道：

"细竹，你看，大的东西看得小，很可爱，——怪不得庄子的《秋水》说不辨牛马，他大概也在水边下看见过牛。"

"我喜欢苏武牧羊，将来我一个人到塞外放羊去。"

"那我可天天写信给你，你看见天上的雁儿就得仔细的观睢。"

琴子说着自己真个望到天上去了，仿佛想仔细的认得出一个雁儿来。慢慢洲上又出现一个牵牛花堆，云天淡远，叶绿相丛，红蓝

出色,细看却是一茅草棚,牵牛花牵得这个样子,门上今年的春联尚看得见。琴子又道:

"这个草堂倒很是别致,我们歇一会儿上去玩一玩好不好?"

"我不去,回头人家说我们是避难的人,哪里像个旅行者呢?"

细竹这么答,她还是记得她的泪眼了。琴子乃笑而不语。慢慢她又凑近妹妹的面庞轻轻一句:

"我们到里头做一个隐士也好,豆棚瓜架雨如丝,做针线活看《聊斋》解闷儿。"

"你一个人不怕强盗吗?我告诉你,女子只有尼庵,再不然就是坟地。"

她今天简直是在这个船上参禅,动不动出言惊人了,使得琴子不好再怎么说,想埋怨她一句。小林静看水上绿洲,两位女子絮语,若听见若不听见,掉过头来,他却说他的话:

"这个草舍令我记起一位无名女子的一句诗来,'牵牛棚底饲秋虫',实在我也不知作何解,但我觉得诗句甚美,很是一个女子之笔,有一回我翻得这一位女诗人的集子,记得有这一句。"

他这一说时,姊妹二人缩瑟一隅,大有愿听小林谈一个故事的神情,而他也看着两人偎依而坐,都不开口了。细竹瞥见那个牵牛棚里走出来一个小孩,不觉稀罕一声:

"你们看,那里还有一个小孩!"

她觉得那个小孩站在那里很好玩,抬头到舱外拿手去招他。她又弯身下去伸手到水上掬水玩。

"细竹,你进来,奶奶就怕你出门淘气。"

她一面还低声的唱些什么,但也就听姐姐的话回到原位了。

钥　匙

　　一路上有很多可写的，尤其是船到码头他们所住的客店，遇见一些村的俏的不重要的人物，对于他们可很是新鲜别致，那些人物也不晓得天下还有什么，大家在这个舞台上各现神通了。但我们还是到天禄山要紧。可是，细竹路上遗失了一件小小的什物，这关乎一个诗的题目，却得一表。是的，与一个坟地也有关系。他们第二日的舟行，经过了名叫白渡的地方，然后转入七里港，西方渐挂落日，离一个码头只有七里。三个人，孤舟一日，水天不见别的颜色，便是小林居尝爱逞其想象，置身于苍茫烟水，亦为有情无思了，及至船在这港里头走，忽而好像一只家禽似的，大是一个游泳的安闲，半篙之水，两岸草坪，还有人无事垂钓竿。船上人乃探头相顾可喜，琴子又想到吃东西，于是把随身携带的糕果拿出来吃。前面到了一个好所在，在他们去路的右傍，草岸展开一坟地，大概是古坟一丘，芊芊凝绿，无墓碑，临水一棵古柳，有一个小孩牵了一匹羔羊坐在柳下望着行船来。一抹淡阳也真是可爱了，好比就是画家的光线，对于这个地方之草生出一种依恋。观者得了这个印象，默默无可言语，但也自然而然的各人有所认，这样便成了各人自己的意识范围了。小林偏向对岸的树林看日头，很是一个晚祷的微笑，记起他曾经坐着一块石头的照像，因而又起一个"刻舟求剑"的自哂，此刻他是坐在一个船上。琴子细竹，姊妹比肩，笑视此岸牵羊的孩童。细竹口里还嚼着一颗糖，伸腰到舱外望着那小孩说话道：

　　"你姓什么？"

小孩不答，但他熟视着这位姑娘。此时船傍着这一岸走，离岸不过二三尺。小林听得细竹说话的音调，知道她口里嚼着什么东西，一个会说话的人故意学舌的调子，他乃望着那树上的栖鸦出神，想着一个故事，他自己就好像一只狡猾的野狐，心想把那舌上之物落为自己的一啖了。冷不防他吃了一惊，因为船忽然站住不走了，同时细竹却已跳在岸上哈哈一笑，荡船的人惊喜交集的说话道：

"姑娘，这可不是玩的，倘若有一个差错，那叫我怎么办！"

原来细竹忘记她坐在船上，攀了那个柳枝同小孩招手了，几乎失足，而舟子一桨把船靠岸稳定了，她则乘势一跃登了岸。于是她那么站着，俨若人生足履大地很是一个快乐，墓草沉默亦有来人之意，水色残照都成为人物的装点了。此人更指手而言曰：

"你们都上来！你们都上来！我们就在这里歇一会儿，一天船坐得我闷得很。"

小林琴子听她的话都上了岸。琴子伸一个懒腰，连忙就精神为之一振兴，以一个滴滴之音出言道：

"这不晓得是什么人的坟，想不到我们到这里……"

她很是一个诗思，语言不足了，轮眼到那一匹草上的白羊，若画龙点睛，大大的一个佳致落在那个小生物的羽毛了，喜欢着道：

"这羊真好看。"

细竹低身握那小孩的手，嘀嘀咕咕的问了他许多话。于是琴子也围拢来，她倒真是一位大姐姐，俯视着他们两人笑，细竹的天真弄得小人儿格外是一副天真模样了，微笑的脸庞现得一个和平，又很是窘。

"你告诉我，我以后总记得你，你叫什么名字呢？"

姑娘自己弄得窘了，站起身来，笑着向小林说话道：

"这个小孩大概是一位神仙，他怎么不说话呢？"

小林惘然得很，他好像失却了一个世界，而世界又无所失却，只好也很喜欢的回答她道：

"哪里能像姑娘这么会说话呢？——你刚才吃了一个什么？怎么就没有了？"

他说着笑，看着她。细竹心想："你这么的看我！"所以她也不知不觉的注目而不开口了。小林以为她是故意抿着嘴，于是一棵樱桃不在树上，世上自身完全之物，可以说是灵魂的画题之一笔画罢。这时舟子坐在船尾吸烟斗，吞了一口吼着鼻子要向细竹说什么，细竹站立的方向是以背向他，他乃望着琴子指了那个不答话的小孩说道：

"姑娘，这个孩子是哑巴。"

听了荡船的这一报告，三人一齐看这小孩一眼，都有一个说不出的悲哀，这一个官能的缺陷，不啻便是路人亲手的拾遗，人世的同情却是莫可给与的了。细竹忽然一个焦急的样子，问着她的姐姐道：

"他是一个哑巴，怎么还要他在这里放羊呢？"

话一出口，她也知道问得毫不是己意，自审有一个感情而已。琴子低声回答她——

"你不要这样叫。"

琴子也只是表现她的柔情，也说不出理由来，她叫细竹不要诉说"哑巴"这两个字了。荡船的又插话道：

"姑娘，他家就在那里，——你看，那里不是有一个树林吗？"

两位姑娘就朝着那个树林望。细竹的望眼忽然又一丢开，自己觉着有一个什么事的神气，转头向姐姐的耳朵里唧哝了几句。好女子，她的意思真是同风一样自由，吹着什么就是什么了。接着姊妹二人连袂而动履，走出这个坟地以外去了，弄得小林莫名其妙，他不可以开言追问她们一句："人家既然不招呼我，我就不能够问人家了。"两人摇步的背影，好像在他的梦里走路，一面走一面还在那里耳语，空野更度细竹的笑声，一直转过一个灌木之丛了。他乃忽然若有所得，他知道这正是许多小说家惯写的材料，女子的溲溺是了。于是他把这个题目想得很有趣,不觉一阵羞赧了,以为有什么人洞透他的凡想,一看还只有那个不说话的小孩坐在一旁。他也就藉草而坐,等候两位旅伴来。那个小孩的母亲走来了,招孩子回家,她似乎同这一位荡船的熟识,问他今天载的是什么客人,荡船的衔着他的烟斗目光转向小林,意若曰那坟前坐的就是他的客人,小孩的母亲便不好怎么细问了。小林笑着向这一位妇人表示他爱好这一匹小小的白羊,她也很和气的告诉给小林听,说这羊是小孩从外祖母家牵来的,并说他是一个没有父亲的孩子。小孩携着母亲的手自己牵着羊回家去了。小林动了一阵的幽思,他想,母亲同小孩子的世界,虽然填着悲哀的光线,却最是一个美的世界,是诗之国度,人世的"罪孽"至此得到净化,——隐隐约约的记起另外一个父子的关系,数年前他在一个乡村马路上看见一个瞎子井旁取水,年龄三十岁左右,衣装褴褛,一个苦工模样,小林让路等他提水走过,前面又来了一个过路人,此人便是盲人的父亲,游手好闲,家为世家的败落,同小林点头一招呼默不一声的过去了,盲人当然无从知道此际有三人行,小林感到一种人世可怜的丑恶,近乎厌世观,以后窘于不可涂抹这一个印象。这一个记忆刚朦胧着袭来,对面原野一轮红日恰好挂在一个树林之上,牵引他了,简直是一个大果子,出脱得好看,不射人以光芒,只是自身好彩色,他欢喜着想到"承露盘"三个字,仿佛可以有一个器皿摘取这个美丽之物了。接着他很是得意,他的神仙意境,每每落地于世间的颜色。终于是黄昏近来,他又觉得很奇怪:"为什么有意无意之间今天在这一个坟地里逗留得一个好时光?"其实他并不是思索这个"为什么",倒是有意无意之间来此一问,添了他的美景罢了。当琴子细竹又走回原处,看他幽闲自在坐着不肯起来,他盖坐在那里默想,两人的意思顿时也空空洞洞的,又一点没有倦旅之情,对了他乃美目一盼,分明相见,如在镜中。他微笑着念一句诗道:

"青草湖中月正圆。"

细竹忽然有点著急,这个时分他们还在路上,以一个愁容出言道:

"天快黑了,我们走罢。"

小林又急于要解释他念那句诗的原故,他怕她们以为他把她们两人比作月亮看了,这足见他自己的意识不分明,他解释着道:

"我是思想这一座坟,你们一来我就毫无理由的记起这一句渔歌了。"

琴子道:

"你这一来倒提醒了我一个好意思,天上的月亮正好比仙人的坟,里头有一位女子,绝代佳人,长生不老。"

小林看着琴子说话眉梢微动,此人倒真是一个秋月的清明了,"那眉儿,——鱼戏莲叶东,鱼戏莲叶西罢"。他自己好笑了。以后他常常记得琴子这个说话的模样,至于琴子的这一个"好意思",当时竟未理会了。他又向她们两人说道:

"刚才我一个人这样想,我们这些人算是做了人类的坟墓,并没有什么了不起的事情,然而没有如此少数的人物,人类便是一个陌生的旷野,路人无所凭吊,亦不足以振作自己的前程。"

琴子若答他,若自忖道:

"印度的风景不晓得怎么样,他们似乎总没有一个坟的意思?"

这话启发小林不少,他听着喜欢极了,连忙加一个解释——

"是的,那个佛之国大概没有坟的风景,但我所怀的这一个坟的意思,到底可以吊唁人类的一切人物,我觉得是一个很美的诗情,否则未免正是我相。"

这大概是一个顿悟,琴子不大懂得。细竹看他们两人说得很有兴会,她却生气,出言道:

"你们真爱说话!你看刚才那个哑孩子他一句话都不说!——喂,那个孩子他怎么走了?"

"他回家去了。"

小林回答。

"我们也走罢。"

细竹又无精打彩的说。她大概有一个兴奋后的疲倦，眼前的事都懒得追究，便是前面所要到的一个目的地似乎也不在意中了，恰似黄昏之将度夜。于是他们又上船，船又一橹一橹的拨得水上响，这个声音对于暂时驻陆的三位行客来得很亲媚，更是给了细竹一个清新，如梦之飞虫，逗得她的处女之思一星一星的出现，——她原来正在仰望着夜空，天上的星可以看得见一点两点了。忽然她把她的手儿向荷包里摸索，忽然正面而招呼她的同伴一句——

"我的钥匙丢了！"

"你装在荷包里怎么会丢呢？"

"我不晓得什么时候丢了！"

"那我不管！"

这个钥匙大概与琴子也有关系，然而不得其详，因为接着并没有声张，姊妹二人絮絮叨叨说了许多别的话，往后又没有提起这件事，日用之间似乎也不因遗失此物看得见什么缺欠了。小林此时独坐船首，看夜景，听得细竹那一句失声之言，他本来应该也有一个响应，而且话已说到口边，——他却又有收住这个回声的势力了，因为他好像油然写得了一首诗，诗题就是这一枚钥匙。这个笔影，明明是五色，而夜色无论如何点不破彩云，——此夜大是女子的发之所披洒。于是他很是纳闷，一字没成，思索之中舟子说他们到了码头。第二天清早，朝阳既出，三人在一个茅店里，昨日之事如同隔世了，另外有一个新鲜，琴子细竹跑到一个村户人家去玩，假村女子窗前理妆，小林去找她们，登堂即是入室，瞥见细竹正在那里纤手捻红，他的诗乃立刻成功了，但是一个游戏之作而已，待一会儿他笑着给细竹看——

我看见姑娘的胭脂，

桥

　　　我打开了一个箱子，
　　　世上没有钥匙，
　　　镜子藏一个女子。

细竹一时竟想不起他的诗题来。

窗

　　鸡鸣寺为天禄山十二伽蓝之一，小林，琴子，细竹三人，住着鸡鸣寺一株蜡梅的小院，梅树倚墙甚高，现得这个院子十分静默，古人说桃李无言，但这句话好像是来帮这株梅树说话似的，人倒觉得桃李偏是最爱饶舌的神情。碧天之下，此梅确是见孤高，因其古老而格外沉著，记得有人以一言来描写草与树，前者依地求群，后者仰空求独，鸡鸣寺之梅真个不知不觉的叫人望到枝上的穹苍了。见过它开花的人，与没有见过它开花的人，对于它的依依之情又不同，当它群枝画空，万点黄金，所谓生香真色，就同看夜间的繁星一样，星星是那么的空灵，星星看得人的意思，繁华而多指点之妙了。琴子细竹初次远游，登上天禄山，虽然时节到了秋初，山水都还是夏景，无处不感到新鲜，小林简直说细竹是一个"雀舌"，她看见什么说什么，一草一木，唧唧不休，及至鸡鸣寺的"知客师"把他们安排在这个梅院里，他们自己又各自收拾一番之后，倒不见得三日的旅途有什么劳顿，细竹又首先跑到院子里打量这梅树了，她却完全是一个少女之静，自己告诉自己一声，"蜡梅"，言下是一年花开的空白，美女子之目便好似一具雕刻的生命，不能当作何曾看得彩色了。琴子这时正在明窗净几之下写信，出外写信给祖母，是她生平第一遭，很是一个天真的快乐，别的事便无心去理会了，她一写写了好几页纸，忽然停笔向窗外一觑，看见细竹一个人在那里伴着一株树做哑剧似的，描风捕影之势，慢慢的又看见一只花蝴蝶飞，细竹原来想捉那个蝴蝶，琴子乃把窗玻璃敲一下，惊动细竹回头一看，于是姊妹二人隔着玻璃打一个照面了。各人又都先人为主，她还是注意她的蝴蝶，她还是埋头闪她的笔颖，生命无所不在，即此一支笔，纤手捏得最是多态，然而没有第三者加入其间，一个微妙的光阴便同流水逝去无痕，造物随在造化，不可解，是造化虚空了。这个梅院通到鸡鸣寺的观音堂，小林起初只看见有一扇门，不知有观音堂，这门却给了他一个深的感觉，他乃过而探之，经一走廊，到观音堂，细竹在前院梅树底下玩，他则徘徊于观音堂，认识佛像了，这里没有的是声音，但这里的沉默是一个声音的宇宙，仿佛语言本来是说得这一个身手的出脱了。他一看看到佛前之案，案上有一木鱼，立时明明白白的表现欢欣，他爱这个什物，微笑着熟视木鱼，世间的响声只在弹指之间了，他真是踌躇满志，又说不出个所以然来，若自倾听。人的境界正好比这样的一个不可言状，一物是其著落，六合俱为度量了。这个当儿一个和尚跨门槛而入，向小林施一礼，他是打扫观音堂的，有客至他就讨一点钱，小林一见，油然动一个哀情，他是一个老人，人世的饥寒披在僧衣之下，殊是可怜相了。小林实实在在的纳闷，天下的事都是出乎意外的样子，老和尚就在面前，什么又都莫逆似的，看见他就认得他，他是这样的。慢慢的他以为老和尚的胡须最为可怜，联想到他儿时看见的一个戏子，年在六十以上，扮生脚的，那时乡间的社戏，招来的戏班子都住在一个庙里，一日小林去这庙里玩，看见他。——"我认得他！他就是那个生脚！他怎么没有胡子呢？"一个幼稚的心灵画上一个不可磨灭的悲哀，但当下他不知是说这位戏子扮戏时挂着胡须而现在没有呢，还是说舞台下这一位老人，自然，一看应该是一个老相，而因为职业的关系他不留须格外现得他的头童齿豁，好像自己捉弄自己的年老呢？总之台上这个戏子对于小孩没有问题，这人的本来面相引起他的寂寞，他不会诉说滑稽了。此刻这个老僧又使得他把那个戏子浮现眼前，人生给他一个狼藉的印象了。于是他又独自走回梅院，庙堂的清净一时都不与他相干了。

他走进梅院，不看见琴子，客榻之上却见有细竹和衣而寐，而且真个的睡着了，原来她捉蝴蝶没有捉住，自觉有点倦了，进到屋子里来，自己就躺一会儿，一睡就睡着了。琴子做了主人，史家奶奶为鸡鸣寺办的施礼，写了奶奶一封信，她就到方丈那边去送礼了。细竹之睡，对于小林——他简直没有把这个境界思索过，现在她这一个白昼的梦相，未免真是一个意外的现实了，古人诗有云，"花开疑骤富"，他顿时便似梦中看得花开，明白又莫过眼前了。他仿佛什么都得着了，而世间一个最大的虚空也正是人我之间的距离，咫尺画堂，容纳得一生的幻想，他在这里头立足，反而是漂泊无所，美女子梦里光阴，格外的善眼天真，发云渲染，若含笑此身虽梦不知其梦也。实在的，这一个好时间，是什么与她相干？忽然他凝视着一个东西，——她的呼吸。他大是一个看着生命看逃逸的奇异。他不知道这正是他自己的生命了。于是他自审动了泪意，他也不知为什么，只是这一个哀情叫他不可与细竹当面，背转身来坐下那个写字之案，两朵泪儿就吊下了。这时两下的距离倒是远得很，他想着不要惊动了她的寤寐，自己就划在自己的感伤之中。因为这一个自分，自己倒得了著落，人生格外的有一个亲爱之诚，他好像孤寂的在细竹梦前游戏画十字了。他在那里伏案拿着纸笔写一点什么玩，但毫无心思作用，手下有一支笔，纸上也就有了笔画而已。胡乱的涂鸦之中，写了"生老病死"四个字，这四个字反而提醒了意识，自觉可笑，又一笔涂了，涂到死字，停笔熟视着这个字，仿佛只有这一个字的意境最好，不知怎的又回头一看睡中的细竹，很有点战兢的情绪，生怕把她惊醒了，但感着得未曾有的一个大欢喜，世间一副最美之面目给他一旦窥见了。院子里有着脚步声，他以为琴子回来了，抬头一看却正是刚才在观音堂看见的那位老僧打这里经过了。他只看见他的后影，他的步子走得很轻，于是透过玻璃望着走过去的老和尚不禁一声叹息，一瞬间他能够描画得他自己的一个明净的思想了，画出来却好似就是观音堂的那一座佛像，他想："艺术品，无论它是一个苦难的化身，令人对之都是一个美好，苦难的实相，何以动怜恤呢？"想着又很是一个哀情，且有点烦恼。"我知道，世间最有一个担荷之美好，雕刻众形，正是这一个精神的表现。"想到"担荷"二字，意若曰，现实是乞怜。"是的，这担荷二字，说得许多意思，美，也正是一个担荷，人生在这里'忘我'，忘我，斯为美。"他这样想时，望着窗外，若不胜寂寞，回转头来，想同细竹说话似的，看她睡得十分安静，而他又忽然动了一个诗思，转身又来执笔了。他微笑着想画一幅画，等细竹醒来给她看，她能够猜得出他画的什么不能。此画应是一个梦，画得这个梦之美，又是一个梦之空白。他笑视着那个笔端，想到古人梦中的彩笔。又想到笑容可掬的那个掬字，若身在海岸，不可测其深，然而深亦可掬，又想到夜，夜亦可画，正是他所最爱的颜色。此梦何从著笔，那里头的光线首先就不可捉摸，然而人的一生总得有一回的现实。想到这里，他望着窗外的白昼，对于那这一棵树上的阳光感着从来未有的亲近，大概想从那里得到启示，于是他很是悲哀，不知其所以，仿佛生怕自己就在梦中了。最后又记起细竹在路上丢的钥匙，昨日的诗题反而失却此刻的想象，他的心灵简直空洞极了。细竹的箫挂在壁上，她总喜欢她的箫，出门要携带出来，他乃拿起这个乐器，好像折一枝花似的，一个人走到院子里去玩，苍苍者天，叫人很是自由，他自己怀抱自己的沉默了。

一会儿琴子回来了，细竹也醒了瞌睡，她偃卧着同姐姐说话："姐姐，我们去看海罢。"

"他们说从这里到海边还有四五里路哩，——我们过两天再去玩，你说好不好？"

"我说好。"

她抬手掠发一跃而起，这么的一学舌，连忙又拿出镜子来自己一照，仿佛这里头是她们姊妹二人的世界，一个天伦之乐出乎无形，别的都在意外了。

"姐姐，我睡醒来，真觉得是到了一个新地方，好像刚生下地一样，什么都这么新鲜不过。"

"你生下地来你晓得吗？我就不晓得细竹你是一个什么小毛毛。"

"我记得我妈妈说我五个月就晓得认小鸡儿，你会吗？"

这时小林也加在一起，他真是好久没有听人间说话似的，对于声音有一个很亲嬺的感觉，笑着向她们说道：

"你们的话都说得新鲜，连声音都同平日不一样。"

"那才奇怪，——真的，我睡在那里伤了风！"

细竹这么答他，她这才知道她伤了风，自己好笑了。

"有许多事情的改变都神秘得很。"

他又这么的说一句。

"我不晓得你想起了什么？"

"好比一位女子忽然长大了，那真可以说是'园柳变鸣禽'，自己也未必晓得自己说话的声音从哪一个千金一刻就变得不同了。"

"你怎么想起这个？那我真是不记得。"

琴子想笑她一句："你也不记得害羞！"但她还是不说了。

小林又笑道：

"我再想起了一个很好的变化，古人梦中失笔，醒转来不晓得是什么感觉？有一个痕迹不能？"

"他从此再也不会做诗。"

琴子道：

"他不会做诗，总一定不像我们生来就不会的人一样，他大概是忘记了。"

"你哪里是不会呢？你才是谦虚，只有我捏了笔一点也不自由，叫我胡乱画几笔我还行，叫我写几句我真是不会。"

她们两人的回答，其实并没有会得小林的意思，但她们的话格外的对于他有所启发，他好像把握着一个空灵了，向琴子道：

"你所说的忘记,与细竹所说的不会,都是天下最妙之物,我可以拿一支想象之笔画得出。"

细竹又连忙答道:

"那你也是不会!"

小林看她说话的模样,心里很是稀罕,人生梦幻不可以付之流水,触目俱见天姿了。

荷 叶

　　这时正是日午,所谓午阴嘉树清圆,难得在一个山上那么的树树碧合画日为地了。真个的,在这个时候,走出鸡鸣寺之门,弥天明朗在目,千顷浓深立影,有一个光阴不可一风吹的势力了。茂林秋蝉嘶鸣,反而不像在这个画图以内,未越浓淡的分寸,令人在一个感觉里别自谛听了。小林站着那个台阶,为一棵松荫所遮,回面认山门上的石刻"鸡鸣寺"三字,刹时间,伽蓝之名,为他出脱空华,"花冠闲上午墙啼",于是一个意境中的动静,大概是以山林为明镜,羽毛自见了。是的,这未必是他的心猿意马,倒最是一个沉默的力量,千树墨沉,独立颜色。一会儿他看见琴子细竹出来了,原来她们在梅院稍憩之后,细竹要到大门外来玩,小林先来了,现在她们二人连袂而来。他又很稀罕,两位女子都换了衣裳,细竹的胭脂更是点得新鲜,一面移步一面向琴子说一些什么话,琴子只是抿嘴笑,笑得一朵淡红,他不甚听得语音,若世外风至,先在那里掠过,他却大是一个池岸垂钓竿之静了。鸡鸣寺的山门,在台阶的一边,一带竹林,竹林又环以流泉,从底下望这台阶,真是引领而望,一步一步的石级,青云直上之势,从高上望下去,则一个飘渺落在自己的身上,有点高处不胜了。门前竖着的一双旗杆,百尺之木,与晴空同静。此外便都是树林,翠柏苍松映着来去之路,站在这个台阶上头都辨得出,最现一个空山之致。琴子一走走到水泉旁边,有着说不出的喜悦,便好比流水无心照不见倩影一样,却是冷冷成音。小林看她临水的风度,顿时他换了另一幅光景,只是人的思想之流就是那一张纸,落红不掩明月,与时间并无关系了。他向琴子说话道：

"这水泉真是轻便得很，你站在这里，它好像并不是身外之物，可以说是一衣带水。"

琴子并没有听清楚他的话，因为她一心看水，等她再来回看他，他的话已经说完了，看他他却有点脸红，于是她也脸红，不知道为什么，以为他大概说了一句什么笑话，逗得她平白的起一个少女的爱情之欢悦了。起初他看得琴子站在水上，清流与人才，共为一个自然，联想到"一衣带水"四个字，接着没言语，倒是在那里起一个顽皮的怀想，琴子的身材是一段云，以至两个羞赧一当面，又化作乌有了。慢慢他笑道：

"我记得一个仙人岛的故事，一位女子，同了另外一个人要过海，走到海岸，无有途径，出素练一匹抛去，化为长堤，——我总觉得女子自己的身边之物，实在比什么都现实，最好就说是自然的意境，好比一株树随便多开一朵花，并不在意外，所以，这个素练成堤，连鹊桥都不如。"

说得琴子有一点笑，同时她身边就隐藏着她们女儿们的许多私话似的，一个人站着很是怯弱，不觉之间回转头来看见细竹在旗杆旁石狮子影下望着她笑了。细竹喜欢那个旗杆竖得高高的，后来看见他们两人背着她说话的模样，她就不动了，琴子回头看见她，她还是不动，毫不声张的笑，这一来琴子倒无精打彩的可笑那么呆呆的站着她的淘气的妹妹了。小林在琴子转面的当儿，注意到她那一手插在荷包里，她常有这么一个若无其事的习惯，他的思想范围随着这个荷包丰富极了，仿佛这时随听天上飞一个什么东西都是的。低头他却为他所站立的那棵树影牵引，于是许多兴会一时都变幻在这一个影子上头，很是一个大树的情绪，他欢喜着想表示一句什么，什么又无以为言，正同簇影不可以翻得花叶，而沉默也正是生长了。琴子望着细竹问道：

"你笑什么？"

于是细竹也懒洋洋的答道：

"我笑你长得很高——真的，难怪我的衣服你穿要短一点，平常我总是生气，你未必就比我高，刚才我看你站在那里，你是要高一些，好看得很。"

这一番话她说了也就算了，可谓毫无成心。连忙她又问琴子道：

"姐姐，这山不就在海旁边吗？怎么我一点也不觉得它在海旁边。"

小林听了这话，一旁很是赞赏，他虽也还没有与天禄山的海当面，但他是见过海的，所以目前他的峨峨之山，倒是引起了海的天地了。然而这个天禄山的山海之滨，此时总也是少女一般的贞静，怒涛自守其境界了。琴子回答细竹道：

"山它自己总一定知道它在海旁边，只是我们太渺小了，在海旁边自己不能知道。"

说着她有一个很好的山的感觉，大概因为谦虚的原故，失却自己的渺小了。小林笑着向她们两人说道：

"观乎海者难为水，然而你没有看见它，它也不能自大，大概也只好自安于寂寞。"

"我说今天就到海边去玩，琴姐她不肯，——你们不引我去，我再去了我就总不回来！"

她说着，小林就俨然望她，一人在一海上，当面之人倒如在梦中了。其间很是一个沉默。慢慢他这样说：

"有一回，是深秋天气，我在一个地方，上到一个高塔上去玩，并没有想到对面山上正挂落日，我放眼见之，若置身沧海，记起一张图画，一位女子临海而立，那一幅寂寞的自然与人物，真是并世绝代，令我最感得怀抱二字。"

"你说话总是说那么远——叫我一个人到一个生地方去我就不敢。"

细竹又这么答他。她说着简直就无故生气，好像再也想不到有

第二句话可说，阖口是花不解语的一瓣了。这一来小林看着她的天真模样很好玩，马上他又异想天开了，记起另外一件事道：

"有一回，一个下雪天的早晨，我出门踏雪，经过一户人家，看见一位女子倚门而望，她大概刚从妆台上下来，唇上的胭脂一樱多——凡事我想背景很有关系，一个雪世界女子不开口。"

"下雪的天，树上的鸟儿不知都飞到哪里去了？"

她连忙又这一问，惹得琴子笑了。琴子看小林那个说话的神气，知道他的非非想，暗地里好笑，而且，听得空空洞洞的言语，简直染了一点实在的忧愁，明明是她自己妆台上的好扮相，在此刻可以说是一幅遗世面目，移步更倚近那一竿之竹，若不愿与人为群了。绿竹猗猗，应该含笑正是女子的脂粉气。及至细竹的话来得那么突兀，自在的飞着下雪天树上的鸟儿，她又真真的友爱她的妹妹，嫣然一笑了。于是她的光景回到家里去了，还是做小姑娘的时候，下雪的天，细竹一个人悄悄的门外张望，她问她瞧什么，她说："姐姐，这时的鸟儿都飞到哪里去了？"

竹林上微动一阵风，三个人都听得清响，而依傍琴子，一竹之影，别是一枝的生动，小林倏然如见游鱼，——这里真是动静无殊，好风披入画灵了。是的，世间的音声落为形相，摇得此幽姿。小林简直入了一个画家的涅槃，指着这个竹影说道：

"这影子好看，我向这里头画一个雀跃。"

言下又暗自惊异，隐隐约约的若指得古代公主睡里那个梅花落。他的意中之鸟是一只彩禽。于是重复指着竹影说道：

"我感得哀愁——我爱这个灵秀，我实在不记得这只是影婆婆，一心以为画一个鸟儿，给一种羽毛的彩色把我叫唤过来了。"

细竹听了他说鸟，自为游戏，便蹲在地下画了一个鸟儿，但她只是出了一个鸟的样子，等待她的口边轻描淡写的吐露几句佳言，却完全道得小林的灵魂了，她说：

"我看你这鸟儿还不算奇，你这鸟林却太好了，你的竹影比竹子还要好看——我这话说错了，你的竹子其实是望了这个影子说，你所说的红红绿绿都是好看的影子。"

小林子乃笑道：

"我喜欢竹子的叶子——奇怪，竹叶为酒，可以点红颜。"

他这样说时，对了鸡鸣寺那一个竹林出神，山上的竹叶此时是他的尊前之酒，叶叶波间如泛桃花，很是一个莲花境界了。是的，"绿酒一卮红上面"，添了他的颜色的生命。

这时有两个女子走出于下面的树林，而且站在高阶之下暂时裹足不前，他们三个人一看都看见了，细竹一见就赶紧移身到琴子的身旁，向琴子低语："那两个人来了！"空山的来人动了她的好奇心，她巴不得她们快一点上来，至于那两人的衣装远远望来都一定是大家的女子，同她们自己差不多的身分，只是瞬间的一个认识，使她的意兴自然而然的热闹起来了。姊妹二人表现的样子渐渐一致，都在注意那两个来人，且都不说话，站在一块儿。这是就动作来说。若夫两样的面目，正如镜中相形，越静越现得生命的奇异了，但是一个生命。小林也在那里朝那来人望，他又另是他自己的一个静默，大约就同此深山，有人来不足奇，添出了美景却也就是刚才的一张画了。然而，最美的自然，还是人类的情感，于是一步一步的阶石也静候空谷的足音似的。他又有心来回看他的两位同伴，仿佛为这个山光之静所打动，这一来恰与琴子寓目，看得琴子很是亲霭，他的心境空无所有了，幻得光阴之又一叶。庙前的旗杆止定人的意思，一旦仰空看不足了。他低声向琴子道：

"空灵的世界好看。好比我们的意思里有时只有一个东西，一只雁，一株树，一个池塘——我觉得这个东西好看极了。"

琴子微笑不语，她参不透他是望了那占立时间剥蚀的木末说话，听着他数一件一件的东西，她心里就计算着，件件东西不出意外，件件也不在意中，她以为他应该说一个什么，她却也说不出这个什么了。她又默默的注意那两个女子，她们已经慢步的踏着石级，一人两手撩弄手帕儿玩，一人执一扇，不时在空山之中点滴一字的语言。小林又指着那旗杆同他的同伴低语——

"这旗杆，令我记起小时在放马场山上看见的一块石头，我并没有上到那个山上去，只是走路向山上望，山顶有一块石头孤立，我做小孩子，看下雨，心想雨从天上下来先在什么地方响？我自己得了一个断案，先在瓦上响，因为听见雨初下来在瓦上的声音很欢喜，自从看见放马场山上那块石头，我以为我以前错了，雨是先在这石头上响，一时真是狂喜，以后心里爱想这石头，同时又仿佛倾听音声。"

这一番话完全出乎琴子的意外，她却真是乐意听，于是也有一个意思浮现她的心灵，她很喜欢的说道：

"你说一个东西，倒提醒我一个东西，'池荷初贴水'，我觉得这一片叶子好看，真是写得空灵极了。"

于是细竹也低着声音答话：

"你这一叶荷叶真是一个东西，有了这个叶子，天下的雨也是一个东西，落在叶上是一颗珠子，不然，无边丝雨细如愁。"

她一言说得大家都有点忧愁，但都笑了。她当阶而立，对于小林是一个侧影，他不由得望着她的发际，白日如画——他真是看得女子头发的神秘，树林的生命都在一天的明月了。上来的那两个女子已在阶前最后几步，他望着她们很明白，但惊视着，当前的现实若证虚幻。于是来人过去了。最奇的，两女子已经走进庙门，他们三人依然站着未移身，面面相视，他确凿的是另外记得一个美丽，一个陌生人的印象，分明是他自己的情爱的图形了。是的，人生之美，不可与镜花水月同之，有一个寂寞之空虚了。此时亦无有言语，但正是言语之消息不可思议，何以生动思维。细竹同琴子说话：

"姐姐，你信不信，这两个人一定是两姊妹，捏扇子的是姐姐。"

这一声扇子，对于小林真个是画龙点睛，他的灵魂空洞而有物了，不禁很自由的说道：

"这个手工，一把扇子，在空间占的位置，咫尺之间而已，但给一个人捏就好像捏一个宇宙。"

这话使得琴子吃惊不小，而且把那捏扇子的女子分明再现了。当那两人从面前走过时，她同细竹一样，看得两个女子，一见未曾分开了。

无 题

　　他们都是同邻哩。那两个女子方在观音堂里头，他们三人也不期而走来了，两方面，彼此听见语音。于是五人之间，刚才在庙门外不交言，此刻公共的去拾得那个乡音的沉默了，而又都是暗自惊喜。小林则另外堕于一个神秘，他骤然听得一个生人开口的说话，分明的音乐与绘画是两样的灵异，简直的可以各不相入，大约就好比两个世界自为完全，而怎么不前不后，当此际，正是这一幅面目。从此这声音，也便是颜色，一个灵魂分不开了。接着五个人又都不说话。而且，他们三人，尚在佛堂之外，留步不前。他默默的又是一个神秘，仿佛在那里留神他自己的那一个印象似的，空间的不声响倒是意中的惊动了。细竹禁不住撒了手掉过面来拦住琴子，原来她是搀着琴子缓步而来，掉过来她且埋怨且笑道：

　　"你不进去就回去，站在这里干什么呢？我们都是同乡！"

　　她这一声张，琴子倒若无其事，笑她，分明是她自己淘气而又格外的怕生罢了。于是那姊妹二人都出来了——细竹猜的是的，她们是姊妹，"捏扇子的是姐姐"。琴子已经同她们当了面，彼此点首笑，细竹则立于其间，还是以一个背面向那两个人，迎着琴子的面笑，笑得个不能自已了，连忙自己拂一拂头发，掉过身来道：

　　"我这个人真不好。"

　　那姊妹二人已经猜得她是一位妹妹，她有着令人见了她没有隔阂的势力了。那位姐姐同她招呼道：

　　"这位姐姐真是一个好妹妹——恕我的话说得冒昧。"

　　细竹乃把自己一指，又把琴子一指，又把那姊妹二人一人一指，一指便一言，而是望了那捏扇子的答话：

"我同她，不是你同她……"

她好像一个学言语的小孩子，话说不好，话里的意思是很充满的了，说得旁人都笑了。那姊妹二人心想："她们二人不是亲生的姊妹。"她们虽是首先同细竹说话，暗暗地却是伺探小林与琴子，尤其是琴子镇静明澈而如一面镜子起人洞视之情，及至细竹指点得好玩，大家都在她的天真里忘形，真是一见如故了。

"我同我的妹妹两人在这山上住得寂寞，想不到来了你们三位佳客，'我们都是同乡'！"

那人学细竹的话说着一笑，接着她又说：

"你们什么时候来的？我们怎么不晓得！"

琴子答以他们今天刚到，于是那人道：

"那我们真是失迎得很——你们就住在鸡鸣寺吗？都搬到我们那里去住好不好？"

这姊妹二人住在"扫月堂"，那是一个别墅，为天禄山名胜之一。她们的祖父，在本乡是有名的，扫月堂系其当年来天禄山所建，至今有百年之久。所以，等到他们自己都说出名姓，而且略略的道及先人，彼此真是高兴得很。那位姐姐并说家中还藏着小林父亲画的画。小林当下有一个不可自解的感觉，他对于此人，虽然生疏，但她同那位女子分明是两样的衣冠人物，她之前人我无碍。那女子，与他也是生疏的，却同琴子细竹具着一致之威仪，这威仪，叫他空空洞洞的若思索一境界，奇怪，若想到"死"之不可侵犯。总之是一个距离，大约其间画着各人的一生。于是那三个女郎之春装，照在他的眼里光辉明灭，他忽然的得了断定，自忖道："世间的华丽也便是人生之干戈，起人敬畏。"而那捏扇子的女子，衣裳确是素淡一流。他的视线乃再翻一叶那手中扇，其摇落之致，灵魂无限，生命真是掌上舞了，但使得他很有一个幼稚的懊丧，人家再也不同他说话了。那人同琴子交谈。那人是一妇人，这个关系，小林随后也便知道，这个关系铸定了女子的性格，一人的天资每每又因一定的范围造化自由，正如花木之得畦径，这是这女子与人无碍之故，却是小林始终不得其解，他也就忘却了。

琴子答应明天到扫月堂去看她们，现在且请她们来梅院一玩。她们姓牛，家在邑之下乡，是水上之子，人都称这位姐姐为牛千姑，她名叫大千，妹妹名小千。她们四人一齐进到梅院，却不见小林进来，原来她们移步而走时都没有招呼他，他立在一旁，等她们走了，他悄悄的一个人走出鸡鸣寺，到山上散步去了。除了细竹，那三人一看没有小林，心里忽然都有个空白，各人自己也都写不明白那意中的字句了。细竹叫那位姐姐叫牛大姐，叫妹妹就叫小千。在她的口中没有一点不自然的地方，人家听来也就很稔熟了。于是琴子也叫牛大姐道：

"牛大姐，细竹她要去看海，明天就请你们二人引我们一路去。"

"好得很——你们都到我们那里去住不好吗？"

琴子笑而不答。细竹抢着答道：

"她不去，过几天等他们两人回家去了，我不同他们一路回去，我再搬到你们那里去住好不好？"

她这一说时，才觉到小林并不在这里，但她这一口气还是把话说完了。那姊妹二人看她说话的神气，领会一个意思，听到"他们"二字，都将琴子看了一眼，惹得琴子脸红了。小千姑娘乃打岔道：

"细竹姐姐，你要在天禄山玩，我同我姐姐也都不回去，我们在一块儿玩，那真好。"

"你叫我叫姐姐做什么呢？我看我们两人差不多——"

她说着好像要去同她比身材似的，但她一抬眼知道小千姑娘比她长得高了。她说话的本意倒是说她们两人年龄差不多的。

"细竹姑娘，你喜欢骑马吗？我们到海边去玩，骑马去很好玩，灵光寺有两匹马，我借得来，我们自己也有一匹，我们回家去的时候也放在灵光寺里，他们替我喂——我们一共有五个人，只有三匹马,那两人就跟了我们步行罢,如果喜欢坐轿,这里也有轿子。"

细竹听了牛大姐叫她叫"细竹姑娘",她看她一眼,奇怪,她看得她与她之间好像隔了一个梦似的,有点呆住了,倒是牛大姐同她亲热,她也同她亲热。她让她就这么叫她,不去分辨了。不知不觉的她倚身到琴子之侧,答牛大姐道:

"我们不会骑。"

她说得很是怯弱。这时小千坐在那个写字桌旁,她看了桌上的纸笔墨砚,油然动一阵寂寞的欢悦,她想拿笔写字玩,不知怎的此地很有一个我相,猜不着谁在这里写字,徒徒引得自己没字的字眼明无限了。听了细竹的话,她俨若得了攀援,掉过头来望了琴子细竹一笑——

"我们三人联盟——不同她一起。"

于是她的姐姐也笑道:

"我的妹妹她总是偏向外人,不向我。"

说得四个人都笑了。细竹还是倚着琴子不大想出言。她刚才指了琴子说她同她不是亲生的姊妹,那灵魂却正是划不开一个妹妹,她一言一动都现得琴子是她的姐姐了。琴子乃同牛大姐说话道:

"我们在家里就听说灵光寺'十里香灯,骑马开后门',原来真有马。"

说到这个上头,牛大姐没有多大的兴会,微微一笑答之,其中却是一个好奇与思索的眼光注视琴子,仿佛想从琴子的面上认得小林似的。她的神情只是叫琴子认得这人真是一个美人了,同时也正是讶于"同袍不得知"。

行　路

　　小林一个人出鸡鸣寺，走下石阶，踱进那个树林里去了，于是茂林深阴，画得一个无人之境，他很是稀罕这个忽然独自的密意了。他且行且有一点幼稚的傲岸，那几个女子都在那里不见他："我将一个人玩一个很大的时间回去，——我一个人现在就去看海罢！"想到看海，他狂喜得很，仿佛放开了一个很大的局促，当面又没有止境了。然而一个记忆的海样，也便是海样的记忆，忽然又很是冷落了，琴子细竹的影子很孤寂的未能与这个海映在一起。"我不应当背了她两人一个人先去看海。"他们三人是同来的，他不可以独往。于是一个思想的海之尺度，正是形影相依的距离了。这一来他失却了一个行程，眼前的树林不免都是寂寞的枝叶了。他记起有一回夏日之晨他在一个大树林里走路，在看不见别的颜色之际，若置身浓云中行，其深藏与虚空，令人竦然。忽然前面转弯处，池光射目，原来这儿洞开天地，方池静在林外，独树倒影，与远山共为疏朗。最使得他惊异的，此地方有一画家写生，而顷刻之间，不干画者之事，造化乃一个情爱的生动，——这个画画人是一个女郎，他只看得女子手中的笔姿，此以外大约才真是自然，然而他冥想这一笔的自然："这一下应该画一个什么？"所以这时的宇宙在他是一个空白，但明明悬挂生命之图画了。他以一个沉默又循路而行，一个镜子之前若将一点明眸，乃忽然为自然之冷静所惊，感着得未曾有的一个恐惧，仿佛世间只有这个冷静最是德行，所谓真善美，直同乎流俗而已。他想回转头来致礼于这位画家，表示他立于自然之前自惭冥顽，一幅风景奈何见女子之相。后来给那水田旁边一个捉蛤蟆的小孩子打了他一岔。他看了这小孩子，顿时又好像晤对另一副自然之面目了。是的，自然与小孩这时做了人生之借鉴，他在这里失却一个什么，其所得却正是人生之度量。这一度记忆，自画光阴，等待落到思想之幕后，今日的树林，依然寂寞自在了。他向了那叶绿之层出神。天地万物，俱以表现为存在，鸟兽羽毛，草木花叶，人类的思维何以与之比映呢？沧海桑田，岂是人生之雪泥鸿爪？他很有一个孤鸾自奋之概，然而连忙拾得一个美丽的虚空，草木的花叶，鸟兽的羽毛，毋乃是意中图像，何以有彼物，亦何以有我意了。

　　他出了这个树林，前山的景物触目为新鲜，一路的思索虚无何有了。他就此停步，好像真个的经过了一个很大的时间，再也不想往前走。眼前的山水真是平静得很，令人有安息之致。他本来没有一定的目的地，所以站在这个未曾走过的路上，渐渐的若看一幅山水的画，行路可以没有去意，远近共在一见。他又不知不觉的循了一条山径踏数十步远，于是又停步不前，要转身回去，掉过头来，望见刚才经过的树林，徒徒在那里落得自己的一个倦意，一个人再走归路很无意兴了。这时，鸡鸣寺的几个女子，做了他的情爱的落日，咫尺山光不干眼明了，——意中圆此明净，却是面目各自，灵魂各自，仿佛说得人生的归宿无须以言语相约，虽梦想亦不可模糊了。奇怪，一念之间，他起了一个"舍身"的意志，对着山水微笑着，大约以为不是彼谷，即为彼涧，行见此身血肉狼籍了。这动机尚不能自己分辨，而他的"死"确已具体，山前水上已无可逃形似的。自然，这完全是一个主观，宇宙何为刀俎，生死岂挂林泉。在这个感情作用张弛之际，他看见一个村妇从那山阿一棵树下出现。原来那儿曲折一座建筑，这村妇的神情是一个仆婢，那必是一个人家的住屋无疑。他自顾而笑，刚才为什么那样的兴奋，几何而不为生命的窃贼。给妇人孺子捉住了。再看那树阴处还拴着有马，他再上前一步，看得白马全姿，生物最为静态了。他想着这里住着什么人，给他留的印象真好。他觉得这一匹马好看。是的，这马格外的逗引他一个美丽，山林反而失却宝藏，形体乃画空灵了。于是一个自身毁灭之情，已在生命的无我之境。他记起古人墓树挂剑的故事，自笑道："我爱好这一匹马，它的主人若能知道这点意思，想来也可以牵来送给我作一个纪念罢。"他这样想时，一点也不含生死的意趣，也并不真是想着一个坟地的景物，实在也未曾著意于一个马之主人，只是空空洞洞的若怀着人类的一个寂寞了。

他想不到琴子细竹同了另外的那两个女子都来了，这使得他抬望眼，好像意外的告诉他天下事并不都是出于一个人的幻想似的。一瞬的光阴归于平常，他就在那里站着，等候她们走近前来。此时大约最是一个人自身存在的安息，自身以外是自身以外之人，自身以外也都真是自身的随合，不比对镜顾影自身徒自夸张了。四个女子，一面走路一面说说笑笑，一望见是小林在那个山坡之上，各人的思路各自一停换，各人的眼光都牵住一个光线，中间还留逗各自言语的迅速。将一当面，细竹开言道：

"你怎么一个人跑到这里来了，——这两个牛牵我们到她们那里去玩。"

她这么的指了牛家的大千小千向小林一说话，大千乃伸手过来携着她道：

"是你自己说的，我牵牛上山罢。"

细竹一时答辩不出来，只好让大千携着她；她们两人乃在前面走了。

"大千牛，我这个人要是同人拌嘴，总是我自己输了，所以今天我也不敢斗牛，让你一步。"

于是小千在后面说道：

"细竹，你不但输给我姐姐，你也输给了我，她牵你，你叫她叫'大牵牛'，那我牵你自然是小牵牛了。"

细竹听了这话，撒了手不跟大千走，掉过头来望了小千一嗔道：

"我不跟你们姓牛的玩，——你们两人都做了牵牛，那岂不是要我一个人做织女吗？"

她把大家都说得笑了。小千一面望了细竹笑，一面却是一个女儿的偷视，向小林觑了一眼，小林没有注意到，给琴子留心去了。这一来琴子自己反而没趣似的，在大家说笑的当儿她不免现得像一个"旁观人"了。小千装作没理会，故意丢开细竹转向琴子说话道：

"琴子姐姐，你是牵牛在后面。"

她这一说倒把眼睛端端正正的射在小林面上，弄得小林格外的陷入局促了。这个局促，其实正是宽阔，因为自己在他人之前不自由，自己乃失却自己的范围，自己好像是他人之存在，在那里处于几个女子的窘迫地位，忽而一言笑，忽而一动作。实在她们谁也没有他那样的窘迫，那么他的窘迫更是加了他自己了。这时大千一个人在前面快步，她想快一点回到屋子里去，这么的跟了小千细竹她们淘气很没意思了。她一走到她的马前树下，站住了，回转身来笑着望了后面的客人，意若曰："我们就住在这里。"琴子细竹起初就看见了那树下的马，想着大千刚才告诉她们说她自己有一匹马的话，猜着这就是了，两人的意识里都有着陌生的形色。这两位田园女子，还只在画上见过马，今天的这匹马是看马第一遭了。细竹对于大千越发有一种神奇之感，看见这马好像看见一向的女伴忽然有了一个小孩儿似的，心里真爱，可是口里不晓得怎么说这东西了，有一句话要到口边，又冷住了。琴子见马凝视，好像她平日所怀的诗情画马，是一个打不破的宁静，今日似曾相识，在生命的驯服之下更有一个生命的奔放，与她的女儿性格相距甚远了。她总还是觉得这马可爱，等到她把这马与骑马那女子联合起来，她却分明的认识那个大千了。她真是且惊且喜，很有点望尘莫及的神情，在这一刻以前她总纳闷似的，大千在她眼前，大千又无可附丽，因为她看得她不可捉摸，现在有了这匹马仿佛大千走得顶远顶远她也记住了。扫月堂的三位来客，随着主人都到了，只有小林的惊异正如门前的树影，屹然不动了。他一看见门墙上"扫月堂"三个字，把扫月堂代表了大千："这就是她住的地方！"他跟她们一路上来，牛家的两位女子对于他未曾另外尽一个主人之礼，并没有向他招呼一句。他也只是随着大家走路，走到这个拴马的人家刚才他几乎过门而不入原来正是扫月堂。他又一言不出随她们进门，此时他完全是他自己，进得门口，他所徘徊的还是他刚才一个人在下面的情景，他还没有把那马移到主人分上去，马的主人不干乎马，然而这马又好像是他的马，不啻他走到这世界上来第一遭所遇见，它给了他一个亲切，——大约因为这个原故，大家到了屋子里，大千同他讲一个礼节的时候，他望着她不知回答，自己默默的落一个哀情，不可解世间何为路人了。慢慢的他看着大千自由自在的样子，他又很奇怪自己，大有一个过路人走在水上看鱼的光景，因了游鱼的倏出，世界乃就是一尾鱼的世界了，自己将何之，为何来，似乎都不在意中了。细竹同小千说话道：

"你们这地方真好，我很爱，要不是琴姐，我就不回到鸡鸣寺去，就请你们慈悲收留了我罢。"

"刚才我请你来玩你还不肯来，现在你又要我们收留你，——既然情愿皈依，就在这里住持，又管琴姐不琴姐做什么呢？"

小千笑着回答细竹，她们两人真个都有点寂寞起来。扫月堂院墙里有一丛竹，他们现在所在的屋子，竹叶遮窗，清光若可掬取，细竹那么的同小千说笑，与这窗外的动静很有关系。她简直就想在这里安心立命似的，无奈还是琴子牵挂了她，意若曰："姐姐还没有出嫁，我怎么能够同她分手呢？"奇怪，这一念之间，她分明的自己肯定了。她有她自己的打算，这打算又没有什么打算，只是懵懵懂懂的一个不踌躇，她要离开琴子，今天意外的得到两个好女伴了。小千一面望了细竹说话，一面偏偏自己有一个冷落。她巴不得细竹就在她们这儿居住，但她又没有一个意思真个的要留了细竹，她自然的看得细竹与琴子的依附，自己也不知理由的只是认定了自己正好与细竹结伴，除此以外她再没有什么心计，然而自己忽然冷落起来了。细竹的在前，给了小千一个意义，如果不是小孩子一般的求群之情，真有点不可解，以细竹的天真居然感觉到了，因此她反而从小千身旁离开过来，向大千亲近，这亲近简直是一个灵魂的亲近，大千好像另外一个琴子似的，自己也正是另外一个妹妹，她用了撒娇的口吻叫大千一声道：

"大千姐姐，你的马呢？"

"我的马在门口外。"

"我看见了，我刚才在那个树脚下看见是你的马。"

"你看见了你又问我做什么呢？"

"我爱大千牛，——我也爱这小黑猫。"

"细竹真淘气！小黑小黑，你咬她！"

大家都没有提防细竹那一动作，她蓦地里看见屋子里有一个小黑猫在那里打盹，窜近前去把它抱起来了。小猫懒洋洋的睁开它的睁不大开的眼睛，认着这不认识的面孔。

"我就喜欢小东西，它让我抱它。"

细竹一面又认着猫这样说。

小林忽而从旁很纳闷似的叫着细竹道：

"细竹，你的话我真不解，——你说你刚才在那树脚下看见马是大千姐姐的马，但我想你只是看见一匹马，怎么知道这一匹马是谁的呢？"

"她刚才告诉我了。"

"你这话还是说得令人不解，——我想她怎么能告诉你呢？"

大千从旁笑道：

"我想我是这样告诉她的，她是这样知道的，刚才我们在鸡鸣寺里，只有你一个人不在那里，我们不知道你一个人跑到我们这里来了，我告诉她：'细竹，明天我们到海边去玩，骑马去很好玩，灵光寺有两匹马，我自己也有一匹，但我们一共有五个人，马却只有三匹，那两个人就跟了我们步行罢，如果喜欢坐轿，这里也有轿子。'"

"这话还是说不明白，不管谁有这一匹马，但这马到底只是一匹马，能说马是谁的呢？"

小林说着自己也笑了，他好笑自己怎么忽而来了这么一个自己说不明白的问题。细竹又道：

"马本来是姓牛的，——这个猫是我的！"

小千望了琴子笑道：

"琴子姐姐，我数数我姐姐刚才的话里头，一共有一二三四五六个'我们'，有的指了我们说，有的指了你们说，有的指了我们四个人一起说，有的指了五个人大家一起说，只是末了的我们——她说'那两个人就跟了我们步行罢，如果喜欢坐轿这里也有轿子'，不知她除开了哪两个人？"

"你喜欢坐花轿那两个人就一定有你一个！"

大千却连忙抢白一句，惹得小千恼了。琴子从旁很怯弱似的启齿道：

"我想应该无人相，无我相。"

琴子这话一出口，自己感着自己的意思很生涩，自己又实是感着一个成熟的情感，她的灵魂今日不是平日的平静，自己又说不出所以然来，自己压迫着自己一个不惯的烦躁，——说了那一句话，自己的烦躁果然挤出去了，她真是如释重负，简直怕敢再有一个别的想头了。小林这时看着她，——他并未听清楚琴子的说话，也没有留意她说话，只是忽然看着她的衣服华彩，看着她的脂粉气，好像在一个宇宙的范围里头当下正是这一人的严肃明净了。奇怪，大千小千同细竹三个人，一时也都失却自己的意见，看着琴子，然而各人自己还是各人自己的意见，怎么都共有一个平息罢了。细竹忽然倾耳而听，一面又自言自语道："奇怪，这是什么人说话？"大家都不知她何所指，等着她再说一句什么。琴子却猜着细竹是听了扫月堂的女仆在那边说话的声音，——这声音是一个外乡人说话的声音，此刻在这外乡听了这外乡人说话的声音，细竹格外的觉着这声音亲嬷了。接着她问大千，这个说话的人打什么地方来的？大千说，这个说话的人打天禄山来的。于是细竹更觉稀罕，向琴子问道："琴姐，我们家乡，斗姥庵的王师父，不也是说打天禄山来的吗？"说着"我们家乡"四个字，很有一种喜悦，仿佛她今天才开口说话的样子。是的，这四个字起了她一点新鲜的感觉，她在三百里外，转瞬之间，有着"我们家乡"的观念了。扫月堂的那位女仆是天禄山附近农村里的人，她说话的口音同"斗姥庵的王师父"是一个口音，难怪斗姥庵的王师父说她打天禄山来的！王师父原来就是这个天禄山的人！她的家乡原来就在这儿！一串纠葛又明明朗朗的给自己拨开了。离史家庄三里路有一庵堂名斗姥庵，斗姥庵那位尼僧来史家庄"打月米"的时候，细竹对于那个不是乡音的声音总不免好奇，简直为那尼僧怀着寂寞，一个外乡人，一个天涯地角的人跑到这儿来"住庙"！而她偏偏又喜欢学那尼僧说话。现在因了天禄山的张妈妈的说话，细竹平素所怀的"外乡"观念顿时也大大改变了，一个外乡并不就是异地，顶远的地方还有顶远了。这样一来，她自己才真感着一个孤寂的空灵了。大千又告诉她：

"我的小黑，是张妈妈打她家里抱来的，我们回家去的时候，她又把猫抱了去，等明年我们再上山来的时候，她又把小黑抱来还给我。"

"你的马呢？"

"我的马在门口外。"

"我知道你的马在门口外！我问你，你们回家去的时候，你的马怎么办呢？"

大千的那句答话，大约是有心逗细竹玩，逗得大家都笑了。小千抢着答细竹道：

"你还不知道，她的马并不是我姓牛的马，马要回家不能回到我家里去。"

"我的马才不回到你牛家里去！"

小林琴子细竹三人，听了这姊妹二人的抢白，仿佛无意间读着了一个人的一部历史，虽然还是一无所知，但这一张白页正是读者开卷第一页了。他们三人都好奇的看着大千，尤其是细竹小孩子似的格外向大千亲近了，在这一刻以前，她明明白白的自己最同大千交好，又不知为什么她看得大千总像一个梦里世界，现在这梦又不知从哪里忽然醒破了，叫她平空的拾得一个什么，她真是喜欢极了，且藏着一句话不问大千："大千姐姐，你除了姓牛之外还有一个什么姓呢？什么时候出嫁的呢？"于是大千在她跟前不成问题，依着大千她自己倒是做着女孩儿的梦了。大千告诉她道：

"我回家去的时候，我的马就寄在灵光寺马房里，灵光寺放马的替我放。"

细竹禁不住附耳一句——

"你回家去的时候——是回牛家还是回马家呢？"

"你真爱说话！"

大千有点埋怨细竹的神气，她的神气又令人不可捉摸，但明明是一个忧愁的样子了。

"你不告诉我，我会猜。"

"你会猜什么！"

于是大千反而丢开细竹，向琴子同小林各看一眼了。她行其所无事又同细竹说话：

"我不爱搬家，我无论到了哪里都不爱搬动，我搬了好几回家，自己栽的花呀树呀，狗呀猫呀，舍不得离开他们，——现在我总不爱栽花。"

这时小千又同姐姐吵嘴——

"你这么舍不得，你死了看你怎么办！"

"我死了我的坟我也要带走，看你怎么办！"

于是五个人都不说话，——各人的沉默正是各人的美丽了。

萤 火

　　这天晚上，小林一个人回鸡鸣寺。琴子细竹给大千小千留着不让走，而且约定明天一路到海边去玩，于是她们两人就在扫月堂住这一宿了，自己没有替自己作出主意，但都觉着今天在人家做了客人是生平第一回自己安置了自己似的，在以往的日子里没有这个经验，尤其是琴子仿佛人生在世实在有一个踌躇，即是自身的踌躇。其实自身何从设想，问题乃在关系上面罢了。细竹一天的兴会已经失掉了，她只是倚近琴子，原来她的瞌睡到了，打呵欠，大千笑她道："一个呵呵来报信，两个呵呵睡着了。"她依然不睬大千，一个瞌睡虫简直是往琴子的身上飞，好像琴子也不是琴子的身段似的，是一盏灯光的姐姐了。琴子心里却实在是寂寞，禁不起自己多说一句话，垂手来握了细竹的手，携手她也不是与细竹携手之意了。她忽然想起家来。小林提了灯笼下山，大家都送出门外。牛家一个仆人要送小林到鸡鸣寺去，他说有灯他认得路，他不让那仆人送，而且笑着说一句玩话道："我喜欢一个人走一个寂寞的路。"细竹应声一句道："你不怕给山上的老虎吃了？"听了她的声音，知道她的瞌睡醒了。大家望着一个灯光慢慢远了。细竹随手捉了一个萤火，而且捧着看，大千又笑她，说道：

　　"细竹，你是睡醒了要洗脸。"

　　"你的话我不懂，——我不是要洗脸，我总是喜欢看虫，我的脸干净得很。"

　　她这一说时，萤火虫忽然不亮了，她也就让它飞了。小千道：

　　"细竹，这个萤火虫再总记得你，只有你一个人给它看明白了。"

"你这是乱说话，它哪里会看得见人呢？——那是不是小林的灯笼？"

那是小林的灯笼，与其说她乍然又望见灯光，不如说她乍然又记起小林提了灯笼走路了。她望见那个灯光，有一个惧怕的感觉，不但看不见灯光照着一个人走路，连刚才的灯笼也不是了，只看见黑夜里一颗光。细竹不再声张，她想明天再见小林的时候，问他："你昨夜里害怕不害怕呢？"她这样沉吟时，自己还是今夜之身，但诸事都是明日的光景了，她巴不得就会见小林。连忙又是一个夜之完全，说话的意兴她再没有了。小千却答应她的话道：

"那个灯要是灭了，就一定是给老虎吃了，你信不信？"

"你这个山上真有老虎吗？我不信！"

"山倒不是我们姓牛的，灯笼是姓牛的家里的，——细竹，你不要害怕，这个山上没有老虎，老虎也灭不了灯，要是我一个人提了灯笼走夜路，遇见野兽，知道性命逃不了，我就把我的灯放下来，让老虎把我吃了，我的灯还在路旁替我做一夜伴儿。"

大千这么说着，细竹真个害怕了，她要大千引她到屋里去，不要站在这门外了。于是四个人连袂而蹑足了，大千望一望天上的星，望一望夜中萤火，握了细竹的手，临进门时还要向室外光景作别一句：

"萤火四面飞，令人觉得身子十分轻，好像在一天星中，——奇怪，我说星中，并没有想在天上去，好像在海上。"

她的神气近乎临空而问。细竹轻声回她一句：

"我只觉得我在山上，不像在家里。"

她说到"不像在家里"，家便像一个厚重的山之感觉了，同时她自己便也有点漂泊似的，大千紧紧握住她的手了。四个女子，又在屋里灯光下见面，牛家姊妹都不知不觉的首先向琴子打一个照面，其神情若问琴子曰："你刚才没有说话！"于是琴子的庞儿好像格外有点光爱好了。琴子还是无有声响，一颗灯光在下山到鸡鸣寺的路上，因了室内灯下同人再见，她的灯儿乃好像灭了，她并不害怕，她有点愁意，刚才她望着小林到鸡鸣寺去，好像送他回家，她的灵魂儿就是路上那灯儿了。以后她总记得今夜路上的灯，这个灯便是她的灯，别人的话说来说去，只是游船一般的空气，灯儿在夜里格外生动了。大千看了她一眼，她慢慢的觉着了，一下子她简直感得她有点担当不起，她在这个屋子里十分孤独，她自己思忖着道："这个人的眼光不是看我……"她的思想来得很快，但自己的一句话又不能完结，脑海里倒自己引起了小林的影像。在自己不安的时候，记得别人，是这一件事，又是那一件事，连忙又是今夜路上的灯光，一切又好像风平浪静了，她不愿意她的灯儿有一番扰乱似的。最后她又记得大千的马，于是她很是一个女儿好奇的心，眼光尽在大千的方向了。大千又同细竹说话道：

"细竹，你在家里什么时候睡呢？"

"今夜我不睡。"

"你不睡就是天上的星。"

"就是织女。"

小千答讪一句。

"我是织女今夜我也不跟大千牛小千牛睡，——我在家里总是跟琴姐睡，姐姐今夜怎么睡呢？"

她面向了琴子这么问，她说着是要哭的眼儿了，大家都觉得这个泪眼儿一点理由也没有，但大家暂时都不说出话来，好像一人一副面目共候这个泪珠如何启示了。这时，各人头上戴的，身上穿的，相对于无形。这时，是灯光的启示，怎样才是自己，一心照见别人都是自己了。

琴子想不起答应细竹的话来，她想："细竹，你怎么这样孩子气呢？"但这话她没有出口，她们两人今夜是在人家家里做客人，说话应有着客人的口吻了。她从门外进屋以后，今夜的事情，其实不在意中，只虚无缥缈的仿佛是一个永远的夜之事，犹之乎灯火，不能归于今天一夜了，现在因了细竹的话，"姐姐，今夜怎么睡呢？"她乃也稍作迟疑，而且寂寞的微笑着，又把眼光向大千打一个招呼，完全是一个做客人的雍容。不待大千说出安排来，看着大千她又记起大千的马，这个马直以思想为动静，灯光亦似不知止境了。于是大千的距离越近越远，无论如何大千的一匹马不能做大千的界限了。

"细竹，这里也就同家里一样，你要什么东西你告诉我，你只要叫我一声姐姐，你就跟我睡。"

"我要跟小千睡，——我怕跟你睡，我怕你给老虎吃了，我怕你给老虎吃了还留你一个灯笼在旁边跟你做伴。"

"给老虎吃了，老虎已经跑了，我也没有了，还要灯笼做什么呢？而且我的灯笼难道还认得我？"

"你刚才为什么那样说呢？"

"我说得好玩的。"

"你说得令人害怕，——现在你坐在这里，我就觉得你好像死了一样，我们三个人都坐在这里看你。"

细竹这一说，把大千的眉毛也说得一振，大千又笑了，大家一齐都看她一眼，仿佛一个人死了并不真是一件奇事，一个人死了如何真是失去了生命倒是不能令人相信似的。这时琴子微笑着道：

"大千姐姐，我想一个人都有一个人的东西，你的马一定是你的，灯笼一定不是你的。"

大千答道：

"你怎么夜里还记得我的马呢？——细竹说我死了，我正在想我怎么叫做死了，我的马我简直忘记了，经你这一提，我倒有点舍不得我的马，——我死的时候大概是这个样子。"

小千又向着琴子说道：

"琴子姐姐，她舍不得马，灯笼就送给你，你不忘记那个灯笼。"

"小千说话总是小气，爱嫉妒人。"

细竹这么批评一句，她的话无精打采的说着，她没有说小千不好的意思，说着若无其事。琴子同小千两人精神都为之一奋兴，但沉默着，仿佛此刻这室内灯光是她们两个人的了。是的，灯光不动人影，人的心思好像比灯光更有面貌了。慢慢的琴子又是琴子自己，灵魂儿又是今夜路上那灯儿，正惟夜里乃独自宁静了。

今夜睡时，不但细竹她说"我要跟小千睡"，小千她也说"我要跟细竹睡"。最奇怪的是琴子对于细竹之事她再一点意见没有。更奇怪细竹对于琴子之事她也不在意。小千说："我要跟细竹睡。"细竹便搀着小千的手，说："去，我们两人去。"于是她们两人跳跃着先走了。细竹起初以为是同在家里一样，她在家里跟琴子睡是跟琴子同一个睡床，及至她同小千跳着走进了一间屋子，小千告诉给她，指给她看："你睡这个床，我睡那个床。"那么她问小千道："她们两人呢？"小千说："她们两人在那边房里。"细竹又问："这是你的房吗？你们姊妹二人一向都不在一个房里睡吗？"小千说不是的，细竹今夜的睡床是大千的，一向大千同小千姊妹二人在这个屋子里睡了。细竹乃不再作声，她端坐着，好像另外又想起什么，小千在那里安排安排事情，她也不理会。小千忙去把门关好，而且告诉细竹道：

"我把门关上了，不要她们两人再到这房里来，我怕大千又来说话，——我说话你不理我，你想什么？"

细竹乃又掉向小千答道：

"我没有想什么，——真的我什么都没有想。"

"你在家里什么时候睡呢？"

细竹乃又笑道：

"今夜我不睡，真的今夜我不睡，——你告诉我海是什么样子？"

"明天我们一路去玩，——我不喜欢海。"

"海上面也有船吗？"

"海上面怎么会没有船，——平常也总不大看见船。海真没有什么好玩的，总是浪响。"

细竹记得船，于是这个船是今夜海的影儿，给她那么一个栖息的感觉，犹之乎她拿了一支笔在一张纸上写了一个船字，至于波浪正是没来由的范围罢了。

细竹又说话：

"小千，我说我不睡，我的瞌睡又来了。"

她说着打一个呵欠，自己又笑自己，随身而躺着玩。

"小千，你说这是大千的床，——大千昨夜里也是睡这床吗？怎么这不像是大千的床，像是我的床，我好像做梦一样，怎么今夜在这里睡，乘一叶之扁舟漂到大海里去。"

小千并不怎样去听细竹说话，她是背面向细竹，靠着一张桌子，打开抽屉翻检翻检的。

"小千，你翻什么，你有什么好东西给我看看，——你同大千不一样，大千不像大千，我怕她真有点像海，海我想像她，她的东西都不像她的，你的东西都是小千你自己的东西，给我我也不要。"

她的话流水一般的嘀咕着，自己说了也不像是自己的话了，一面说话一面拿手向壁招影子玩，后来又瞥见向隅挂了一个荷花灯儿，乃记起自己的箫没有带来，挂在鸡鸣寺那个屋子里，于是她的箫也好像她的影儿一样，她在那里有着招手之情了。连忙她又坐起身来，指了那挂着的荷花灯儿说道：

"小千，这个荷花灯是你的还是大千的？让我取下来看一看好不好？"

"细竹你真爱闹，你要取下来就取下来，说许多鬼话做什么呢？"

细竹就站起来把那荷花灯儿摘下来了。小千还是不理会她，她也不理会小千在那里一心做着什么,她拿了荷灯,一看里面插着有烛,借了小千旁边的灯光将荷灯点了起来,自己觉得很是好玩了。有不小的工夫,她提着一盏荷灯,一声不响的。等到小千来招呼她,说道:

"你还在这里点灯玩!你这真同钓鱼一样!"

"我看它会烧不会烧。"

"你要它烧我就烧给你看。"

小千将灯竿稍一摇动,细竹真个看着自己手上的一盏灯儿烧了。她还是一言不声张,小千在旁边哈哈的笑了。

细竹慢慢有点生气似的,她说道:

"这个灯一定是大千的,——我同大千都同你不一样,我把大千的荷花灯烧了也不要紧,她给老虎吃了她还是一个活大千。"

"你自己呢?"

"我自己也同大千一样,我什么东西都不要。"

"我要告诉你——"

"你告诉我什么?——真的,我记起来了,我告诉你一件事,昨天夜里我做了一个梦,梦见许多树叶子,我再看好像是红叶,后来果然是红叶子,而且只看见一个。"

细竹的话小千真个如梦中听过去了,她把她的日记递给细竹请细竹看,细竹好像得了一个启示似的,她双手接过来,知道另外的话她都不能说,这上面的事情她也不能知道,但自己向来没有今夜这时一个明白的光景了,仿佛世间是一个灵魂,隔离无障害。小千给她的东西她尚未过目,望着小千她不觉很是同情,又有话说道:

"小千,我们史家庄三面都是河,西河有一个大沙滩,沙滩上坎靠河坝都是树,我做女孩子的时候,冬天里喜欢在树林里替人家扫树叶子,因为有些穷人家小孩子扫落叶拿回去做柴烧,有时在树林里我拾得一根枯枝,我高兴极了,真是比摘一枝花还喜欢,我就给他们,我还记得那时我自己想我就做树叶子罢,比做什么都喜欢,

223

真奇怪，为什么那么喜欢，除非世上有那么可爱的灵魂可以与那相比，难怪昨天夜里做梦，今天又把大千的荷花灯烧了，——到底那个灯是你的还是大千的？要是你的我就赔你一个，小千很可怜。"

"细竹，你不要瞎说话，——你不看你就给我。"

小千说着要把细竹手上的东西又收回过来，但细竹不让她收回去了。

"你给我看，你不给我看我就做树叶子烧了。"

小千觉得细竹这人十分可爱，于是她们两人谁也不言语，这个屋子里的灯光是生命的字句了。细竹拿了小千的日记看，一页一页的翻着，她愈看愈对于小千有点不明白，她想小千你为什么那样的执着呢？你这岂不是自私吗？你同大千两人不是亲生的姊妹吗？后来小千还有一阵危险的日子，细竹看到这个地方，小千的日记她没有释手，她倒身在小千的怀里一声笑个不止，埋头伏着小千膝头不肯起来，失笑道：

"小千，你怎么又活回来了呢？你怎么要寻死呢？"

她们两人接着谈了许多话，后来细竹一句话也不说，小千就在她身旁，她默默的同情于大千了，大千那么好的女子乃同月亮一样，是的，岂不同月里嫦娥，永远看别人的事情，自己的事情摆在明明白白，将没有什么是她的，她也不要有什么了。这时琴子不在跟前，细竹很想和琴子说话，大千牛小千牛两人的事她想让琴子也知道。原来大千出嫁了好几年，丈夫在那年死了，在小千的日记里这人叫一个"东"字，对于这人小千曾经是一个失恋的女子了。

"小千，这回我们在路上经过一坟地，我们下了船上那坟地里玩，那时正是黄昏时候，真是独留青冢向黄昏，琴子说天上的月亮好比仙人的坟，里头有一位女子长生不老，我想这话不错。"

"我喜欢月亮里头有一棵桫椤树，可惜清早太阳出来的时候没有月亮，不然桫椤树底下对朝阳梳头，夏天不热，冬天我想也暖和。"

"小千,你将来一定是个幸福的女子。我好像船一样,船也像海上面的坟,天上的月亮。"

"船是渡人的,你这一说人家不敢坐你的船。"

"我是说我自己坐一只船玩,漂来漂去同月里嫦娥不正一样吗?不过这里离海近些,天上的路有什么人知道从哪里走呢?"

这时小千不想再同细竹说话,她的话越说越远了。

牵牛花

　　细竹清早醒了，睁开眼睛，她那么的稀罕着，睁眼看见白天好像白日是一个梦似的，昨夜的事情反而明明的是一个真的情景，她思索着，但一会儿便同今日的清晨晤面了，偏着眼光去望小千，小千却已起了床，不在这屋子里了。她记起昨天大家说今天去看海，于是未曾与她见过面的海在那里一点动静也没有，她想不起什么来，什么也不想起了。"大千的荷花灯昨夜里我把它烧了！"想到这件事情，她又有点惊异，仿佛她同大千并不相识，昨夜她无原无故的在这里烧了人家的东西，她又觉得那个荷花灯烧得顶好玩了。她又把大千的东西尽看尽看，看着大千床上之物，她自言自语道："大千这个女子真可爱。从前人说：'云想衣裳花想容。'这话其实不对，应该是看见她的衣裳想起天上的云，看见她这个人想起园里的花。"忽然她拿手拂着自己脸上的什么物儿，原来东窗的阳光照着那个洗脸台上的镜子，又反照在她的脸上了，她马上自己觉着，自己又好笑了。她记起昨夜在外捉萤火虫玩，她捧着看："大千说我是瞌睡醒了要洗脸，大概是暗夜里萤火的光映在我脸上，她才那么说。现在这个日头的影儿倒是说我睡醒了要洗脸。"她自己说着起来了。

　　这时大千从从容容的走进来了，问细竹早安，并说琴子小千都在院子里趁凉梳头，大千已经梳头洗脸过了。细竹看着大千，连忙又说话：

　　"大千姐姐，我今天早晨同平日不一样，我看你也同平日不一样，我们两人算是最好的朋友。"

"怎么早晨起来就同平日不一样呢？除非明天七月初七你做了织女星，后天早晨我再来看你，看你同平日是不是一样，——我们明天替你做生。"

"真的，明天是我的生日，你怎么知道的呢？一定是琴子告诉你的，琴姐她真爱告诉人！"

"我看你今天早晨还是同平日一样，还是同琴子两人最好，我们两人不算是最好的朋友。"

细竹给大千说得笑了。她又告诉大千道：

"我不是那个意思，——我告诉你，像你这个人最好是修行，叫我陪你在一块儿都成，一个人最好是有德行，别的事情也不说是看穿了，像大千姐姐的境遇，再只有修行最有福，胡思乱想反而糟踏了一个身子。"

"你说身子是为什么的呢？"

大千这么诘问一句，她把细竹打量了一番。她看着细竹说话的神气很好玩，而且心想小千昨夜里将她们姊妹二人的事告诉细竹知道了。最奇怪的，大千这时看着细竹很有一种羡慕之情，这个羡慕，她自己认着真个便是一个德行似的，类乎成年之人憧憬于一个赤子之心，她好像处女时的事情她都忘记了，也没有意思再去记得了，看着细竹她觉得她想了解这个女儿无端乃很不可及了。

"大千姐姐，你这句话我看就不对，你这句话就是你的苦恼。"

大千听着笑个不止，她催细竹赶快去梳头，回头再来洗脸。细竹说她不到外面去梳头，她说这里的天气比家里要凉快一些，她就在这屋里梳头，她叫大千就在这里陪她，于是她先洗一洗手，大千替她拿出一分梳具来让她梳头了。

"你这句话我看就不对，你怎么知道我就有苦恼呢？我并没有苦恼，——你说你陪我一块儿修行都成，让我替你把这一头的头发都剃了它，省得天天清早起来麻烦，我还要先看看细竹做尼姑是什么样子。"

桥

"自己做自己的事情，有什么麻烦呢？"

细竹这句话真个像清早在树林里说着，大千听了反而不能忘忧似的，她看着可爱的女子低身梳头，双手灵敏，满发是天真的气息，好像为她暂时隔开了细竹，让她有一个反省的机会，她有点懊悔的意思，自己不该向细竹散布戏言，细竹却连忙抬起头来，打开自己的场面，迎着大千的面道：

"你听错了我的话，我不是叫你出家，那有什么意思呢？我是叫你再也不要骑马出去玩，你说还有什么好玩的呢？"

大千看她说得很好玩，大千笑个不止，她心里确是感得一个很好的喜悦了。

"细竹，你要做我的妹妹，我的命运一定好些。"

大千说了这句话，不知怎的她觉得她的话说错了，她们两人面对面的默着了。细竹听了这话心里也并没有引起另外什么动静，她确是默着了。

细竹又说话道：

"大千姐姐，我们每个人都有每个人自己一定的事情，就好比自己有自己的影子一样，我们再也不可自己糟踏自己，自己就跟自己的影子做伴好了。古人有与日逐影的比喻，我们女子不安命，也同自己逐自己的影子一样，影子只好天生成一个，如花似叶长相见，如果命不好，自己尊贵自己也还是自己守自己的影儿，——你说如果心猿意马再找些别的事情来想不是自己不知自己的尊贵吗？"

"你这个比喻聪明得很，但是，自己的影子总还是自己，好比那棵桂树，此刻在日光之下是自己的影子，在月亮底下它也一定有自己的影子，一个人有自己的身子哪里能够没有影子的时候呢？"

大千说着望到窗外一棵桂树上面去了，她口里说着影子，眼里却没有望见那个桂树的影子，心里更没有想着自己的身子，眼光尽是太阳的光线，是一棵树，是许多枝叶，是枝上的花，她说到月亮底下也无非又是一棵太阳的树罢了。连忙她又道：

"到了自己没有自己的身子的时候,那倒好,那时还说什么影子呢?我看自己的影子也无非是自己的倚靠,是没有法子的事情,并不是有没有要我们伤心,——你说我们谁不羡慕空中飞的鸟呢?"

细竹给大千说得不言语,她想,是的,空中飞的鸟也要有树林做栖息,但她觉得她的意思同大千不一样,她想守着寂寞就是自己的影子,她好像一个小孩子的事情,小孩子有小孩子的寂寞,一个孤儿的命运却是可怜,世上不应该有这件事了。总之她不喜欢孤独,她喜欢尊重自己,友爱人群,孤独没有可以赞美的理由了。因此望着大千她很是同情,大千要怎样才不是一个孤独的生活呢?这一来她很有点难受,她说不出所以然来,仿佛人生在世有时真是奈自己的身子不何了。这时她应不开口说话,双脸很像一个马首,给压发的带子勒着了。她睨着大千,大千对了她笑。放脸的时候她闲口一句道:

"昨夜我把你的荷花灯烧了,——是你的还是小千的?"

"小千早晨一起来就告诉我了,那还是我自己扎的,——烧了就没有了,你能说这个荷花灯是谁的呢?"

大千笑着学小林昨天问马的口吻。细竹听了却大不以为然,她大不以为然的神气说道:

"我想我们不能这样说话,尤其是我们女子,不可这样存心,我们自己的东西就同我们的身子一样,要自己知道尊贵,不过你的荷花灯没有关系,就给人家拿去了人家拿去做个玩艺儿,不比别的自己身边的东西。"

大千听了尽是笑,又催她预备洗脸,细竹梳头的工作快成功了。那个"天禄山的张妈妈"端了一盆脸水进来了。那个张妈妈放好脸水,在那里站着不走,尽看着细竹,细竹还没有留心到,给大千觉着了,问她一声道:"张妈妈,你站在这里干什么?"张妈妈呆着乃看一看牛大姑,牛大姑笑着又看一看细竹,细竹呆着乃看一看张妈妈,张妈妈笑着又看一看细竹,于是细竹开口一笑张妈妈逃走了。这时大千的小黑猫跟在大千足旁，给细竹看见了，细竹把它抱了起来，而且笑着说，要是她将大千的小黑抱了回家，大千肯不肯呢？大千不舍不得她的小黑猫么？大千催她洗脸，说道：

"小黑小黑，要她洗脸。"

大千又望着她的猫说道：

"猫这个小东西好像总不在乎的样子，它同人没有一点感情，真奇怪。"

细竹走近洗脸台的时候，望见了东窗之外，这窗外有很小的一幅自然，有一株桂树，有栽的花，还有瓜果，她一眼看见了那瓦上一个大南瓜，这一个南瓜乃引得她去喜欢它，大约因为她是站在洗脸台面前，是应该自己先来洗脸的原故，瓦上的南瓜应该置之不论了，所以她再也不说什么，自己浸在脸盆里洗脸了。大千也在那里自己照自己的镜子，所以这时，自己的事情是自己知道了。这时的寂静，很是寂静，细竹的脸水之声只能算作流水之音了。等到细竹想起一件事，她想起她的手绢儿要洗，她还是不说什么，但她的心里已经有说话的意思了。她掉过洗过了的脸，身边掏出了自己的手绢儿，但自己的手绢儿怎么放在大千手里捏着了，自己的手绢儿在大千手里捏着，自己指了那瓦上的南瓜问大千这个地方的南瓜怎么长得这么大了，而且告诉大千：

"我有一个西瓜，还放在我们家里西瓜园里没有吃，在它很小的时候，我拿手指甲替它画了一个蝴蝶，后来西瓜长大了，蝴蝶也长大了，我告诉大家不要把这个西瓜摘了，就让它长。"

大千微笑着望着她的南瓜出神，细竹的蝴蝶的话引起她的蝴蝶来了，她的蝴蝶是天上放的风筝，有一回她在自己卧室里从天井里望见了，但她也还是望了此刻那瓦上的南瓜说：

"我还没有留心，这个南瓜真是长大了许多。"

"你真奇怪，你怎么不留心呢？你天天早晨洗脸的时候不就看见它吗？"

"细竹一定是一个南瓜脸！"

"我不喜欢你这个话！我不信——"

细竹说着向了大千的镜子睥睨一下了，她觉得她不是一个南瓜脸了，两人都笑了。

"细竹，我不像你留心我的南瓜，有一回我洗澡的时候倒留心了你那个蝴蝶，现在也不记得了。"

细竹心想，那是在什么时候？大千的话把她说糊涂了。她看大千的样子不是说谎话，一定真有那一回事，但大千怎么会知道她的西瓜上面有一个蝴蝶呢？而且这与洗澡的时候有什么关系呢？她记起去年有一回她在家里洗澡的时候，倒有一个蜂儿从窗外飞进来了，靠屋檐那里有一个蜂窠，正当自己坐在水里洗澡的时候，一个蜂儿飞进来了，她一时竟失了主意，害怕这个蜂儿螫她，她想她喊一声罢，叫琴子来罢，她怕这个蜂儿越是飞起来了，于是她不作声，也不动作，也不害怕，这个蜂儿倒好像安静好些了，她乃拿起一把扇子想把它从窗子里逗引出去，一扇蜂儿却落到水里去了，她索性把它湮死了，后来那个蜂巢也给她打落了。但大千的话反而把她说得迷了，她也就不追问她，不管她是说一句真话，是说的谎话，总之她瓜园里的西瓜，西瓜上面的蝴蝶，大千一定不能知道的了。

"我的手绢儿给我，我就这个脸盆的水把手绢儿洗一下。"

这时她知道她的手绢儿捏在大千手中，但大千不给她，大千拿去替她洗了。

随后大家事情停当，小林也从鸡鸣寺来了，今天一同到海边去玩。总是细竹一个人的心情最忙。反过来说也对，细竹一个人最不忙，她好像流水一样，流水所以忙，流水所以不忙。是的，我们看天上的星，看石头，看镜子，看清秋月，看花，看草，看古树，这一件一件的启人生之宁静，宁静岂非一个担荷？岂非一个思索？大约只有水流心不竟了。流水也是石头，是镜子，是天上的星，是月，是花，是草，是岸上树的影子。

小林带来一个玩具，一个小孩子抱一个鼓，就靠着鼓睡着了。细竹说这个小孩子大概是拿耳朵来听鼓，后来又做枕头睡着了。她问小林："这是庙里的和尚给你的罢？"小千知道这是从鸡鸣寺旁边一个小铺子里买来的。她说："不是的，不是和尚给他的，是在鸡鸣寺旁边那个小铺子里买来的。我好久就看见了这个鼓，我很喜欢这个鼓，那回我同大千两人走那铺子门口过，看见了这个东西，我说买一个，有一个叫化子跟了我们讨钱，我讨厌那个叫化子，就赶快走开了，没有买。"细竹乃问着大千道：

"她这话是真的吗？"

不待大千答话，小千不高兴连忙说道：

"细竹以为我说谎，我不喜欢你。"

"我不是说你说谎，你不要怪我，——我怕这个事情不是真的，因为我们小孩子的时候，在家里，有人从天禄山朝山回来，带了许多小玩艺儿给我们，有喇叭，有木鱼，有小孩子装东西吃的木碗，现在我看他这个鼓，都是那一类的东西，你说是从鸡鸣寺旁边一个小铺子里买来的，那么小孩子玩的喇叭，木鱼，木碗，从前大人们也一定是在那里买的，我听了觉得很奇怪，我那时喜欢那些小东西，简直不想到这些东西是那里来的，也不以为是买的，仿佛就是大人们给我们的。明天你引我到那个小铺子里去看看。"

她说着她还不觉得那些小东西是从一个小铺子里买来的，也不想着那里有这么一个小铺子，世间不失一个童心的喜悦罢了。大千笑着问着琴子道：

"她这话是真的吗？"

大家听了大千的话都笑了。小林接着把他所买来的小孩子睡鼓送给小千，小千也笑着接受了。她又笑道：

"你是买给你自己的，还是替别人买的？买给自己的东西送给了我，我谢谢你。是替别人买的，这个东西我拿来了也还不是我的，我也不想要。"

"叫化子讨了人家的东西,还有这么多的讲究。"

大千这么说着,惹得小千又很不高兴了。大千又向细竹说道:

"细竹,那回我同她走那个小铺子门口过,遇见叫化子是真的,我究竟不知道她要买这个鼓是真的不是真的。"

琴子看着小千手上的鼓道:

"小千,这个鼓是你的。"

琴子的话引着细竹也看着小千手上的鼓,细竹也说道:

"这个鼓是你的,你看,我们大家都没有意思同你争,这个鼓也不响。"

细竹一句话使得大家都不作声了,她觉得她的话没有说出一个道理来,但大家确是一点没有与小千争的意思,仿佛那个小孩子靠着睡了的鼓真是一个共同的表示了。这时他们五个人尚在扫月堂前院清早的树阴之下玩,阳光亦不可畏,清早的树阴好像暑天的一件晨衣,朝阳在树阴以外也好像一件衣裳。这里有一棵马缨花,此刻都是绿荫,还有一棵芭蕉,那边小院里的竹子也垂到这边来了。大约受了细竹的话"这个鼓也不响"的影响,小林的视线移到那棵芭蕉上面去了,若芭蕉的大叶子说着声音的不响似的。他说话道:

"我做小孩子的时候,常常到一个庙里去玩,那庙离我家不远,进庙门两边有一个钟架一个鼓架,钟与鼓都很大,我很喜欢那一面大鼓,常想我自己来把这个鼓打一下响罢,却是总没有这样做,很奇怪,既然那么喜欢听那个鼓有一声响。"

说到最后一句,他的话好像不是说给旁边人听似的,那几个女子倒在那里留心听他的话。听了他的话,大家又都没有听人家说话的意思,细竹首先走开了,她跑到门外掐了一手的牵牛花来,她说她手上的花不给别人,如果谁要她再去替谁掐。大千说:"我们都不要你的花,你的鞋都给露水惹湿了。"她看着手上的花答应大千道:

"大牵牛,昨天夜里你说萤火虫替我洗脸,今天早露又替我洗脚,明天是我的生日。"

　　细竹把大家说得笑了。大千同小千一起说:"我们明天替你做生日。"小林不知昨夜这门外的事情,但院子里的朝阳与不知道的事情都很调和似的。他昨天夜里倒有一些事情,他很想告诉琴子知道,朝阳对于昨夜的事情真个很是调和了。

蚌　壳

　　他们由扫月堂出门到海边去玩的时候，牵牛花还是朝阳甚开。这里所谓"到海边去玩"，同小林在家里说"到城外去"一样，是指了一个一定的地方，指着天禄山唯一的一个宽敞的沙岸说，天禄山的人说到海边去便是到这个海边的沙滩上去。这个沙滩，很像一个隐逸的海岸，要走到那个山坡上才看得见，那山坡名叫松树岭，岭上有一个小白庙。第一回的游客，自己只觉得自己在山中行路，走在树木径里，还有"暗入商山路，樵人不可知"的感觉，有时很叹息的走到那个松树岭上恰好看见海看见落日，心想那里真个是"夕阳西下几时回"的夕阳了。最奇怪的，远望的海不同足下的山，游人在松树岭下望见松树岭的小庙时，很想走到那里去休憩，那个小庙有以引人入胜似的，及至走在岭上乃是首先同海当面，看起来远远平静一片孤帆也是沉默着力量，令人不想到世间什么叫做休息了。现在他们五个人，走到了一个小荷塘近旁，转弯过去可以望见松树岭，这荷塘路边有一棵树，五个人有四个人不知这树的名字，小林一定说这树名叫榖树，他解释道：

　　"你们不信，这个树是叫做榖树！不是五谷的谷，是这个'榖'字！这个树的皮还可以做纸！"

　　琴子笑道：

　　"你写字给我看！我们何必一定要争这个树的名字，就说它是荷塘旁边的树我们都记得它，这个树影子上面画了两朵花。"

　　琴子因为小林的话最后有一个"纸"字，故说："你写字给我看！"有点打趣于他，连忙她的眼光望了水上树影当中两朵荷花。

大千也笑道：

"我们并没有同你争，你为什么一定要说这个树是榖树呢？我连你说的这个榖字都不认得，何况榖树呢？"

"你不过不知道它的名字，这个树现在就在这路上，你怎么能说不认得呢？"

"我认得这个树，我只不认得榖树，这个树有点像桑树，你说是榖树我一点也不觉得它是榖树，你如果说望梅止渴，我也认得这个树了，这个树的果子也有点像杨梅。"

"奇怪，人都是以自己的感情为主，——你一定是喜欢吃杨梅。"

"不以我们自己的感情为主，你怎么认得这棵树呢？这棵树它不认得你！这棵树难道是天生的名字叫做榖树吗？"

大千说着笑了。小千向着大千道：

"反正你是输了，我们四个人都输了，这个树一定叫做榖树。"

小林又说道：

"我们认得这棵树，这当然也是我们的感情，但这个感情不能说是我们自己的，这个感情也就是这棵树的，因为这棵树长在这里是一个事实，至于我们叫它叫榖树或者叫一个别的名字那倒没有关系。不过既然替它起了一个名字叫做榖树，我们就得分别它的名字，不是因为它的名字叫做榖树它就是榖树，它是榖树它乃不是杨梅。我为得这个树的名字曾经问了好些人，说起来有一段因缘，我小时到姨母家去，那个地方名叫马头桥，桥头有一棵榖树，我记得有一回我在那个树底下玩，看见树上有一个红果子，奇怪怎么只有一个果子，真个只有一个，到现在我还记得很清楚，我很想把那果子摘下来玩，但想不出法子来，以后我常常记得那个红果子，记得那桥边的树，儿童的感觉怎么那么新鲜，那个果子在我的记忆里总仿佛是一棵树上有那么一盏灯。后来我离开家乡，常记得这件事，但没有法子把这件事告诉人，因为我不知道这个树的名字，只是说'一棵树，一棵树，……'，自己很是窘。我问别人：'你知道那个树叫做什么树？'人家便问：'你说什么树？'后来我偶然在一个人家的院子里看见了这棵树，好容易才问得它的名字叫做穀树。"

"那棵穀树就是这棵穀树吗？你说了一半天，我也替你窘，我觉得这棵树并没有什么新奇的地方。"

大千望着路旁的树回答小林，她从路旁的树看不出什么来，她确是在那里纳闷于一棵树，好像世间的虚空更有一棵生命的树了。这棵树又好像是她自己的生命，因为想着想着她起了一点愁意了，迎着细竹的面她问细竹道：

"你心里喜欢什么？"

"这个树的果子也有点像桑葚，我喜欢吃桑葚，我在家里同了小孩子们打桑葚吃，我喜欢吃紫的，不喜欢吃红的，红的酸，我不喜欢吃酸的。"

大千又觉得细竹说话很好玩，因为细竹的话说得很快，说话的嘴很小。细竹话说完了，她接着道：

"你说话同吃桑葚一样，你吃桑葚一定同说话一样。"

"吃桑葚把嘴都染紫了！"

细竹又迎着大千的面说一句，她也不知为什么她告诉大千这一句话，告诉了这一句话她自己又不相信的样子，于是她想不着再开口，望着大千仿佛看大千说什么了。大千笑而不答，意若曰："细竹你不是南瓜脸，是一棵樱桃的嘴。"她记起清早她说细竹是一个南瓜脸细竹生气。

小千从侧面叫着细竹道：

"细竹，你吃桑葚把嘴都染紫了，一定不难看，一定替你画了一个大嘴，愈显得你天真烂漫。"

细竹知道小千的话不是恶意，她也就不开口回答了。于是穀树之下暂时沉默，各人的美好是沉默的光阴了。

琴子忽然叫着细竹道：

"细竹，你听！"

细竹真个便在那里听,她侧着耳朵听,眼光却不知不觉的落在小千手中的睡鼓上面去。小千出门时把这个"小孩子睡鼓"也带了出来。细竹的神情与这个玩具其实没有关系,因了琴子的话大家一时都听见了海水的声音了。琴子却是留心听了好久,她又笑着同细竹说道:

"你昨天问我:'这山不就在海旁边吗?怎么一点也不觉得它在海旁边?'现在你觉得怎么样?"

"现在我觉得好像要生小孩子一样,有点怕。"

细竹把琴子说得笑了。琴子说她是乱说话,但很喜欢听了她这句话。这时他们离开这荷塘往前走路了。细竹携了大千的手快着走,她们两人在前面看不见了,绕过弯去了,小千同琴子小林三人还在后面慢慢的走。小千忽然觉着不自在,她看着琴子同小林两人走路谈着话,她快走也不是,慢走也不是,连忙她上前跑了,听见细竹在远处说话的声音,乘势她一跃而逃。琴子今天很有着不可言说的欢喜,今天她看着小林好像看一本书似的,只给了她美满,没有一点激动。这美满她也未曾去分别,倒是自己喜悦她自己今天的心情好。但她另外又总有一个感觉,人与人总在一个不可知的网之中似的,不可知之网又如鱼之得水罢了。她仿佛落在一个幸福的网中,又仿佛这里头有一个原故。因为是幸福,因为自己的性情好,一切又不在分辨之间了。此刻她同小林两人走在路上,仿佛走在命命鸟的自由路上了。她想不着自己有什么话要说,小林却告诉她昨天夜里他一个人回鸡鸣寺的事情,他推测鸡鸣寺的长老也是他们的同乡,琴子便有点不相信的神气,诘问他道:

"你说的就是那个方丈吗?那个方丈我昨天看见了,我还同他说了几句话,他说话的声音不像我们乡里人的声音。"

"我也不能断定他一定是的,我相信他,那个方丈,很可能是我们的同乡,我很小的时候看见这个人,他还是我舅父的朋友,我只见过他一面,他在乡里是颇有名望的人,有一回他同舅父上我家来，我小时很喜欢家里来客，这个客人当时给了我一个很深的印象，我也不记得他的面貌，我确是记得这个客人。我也知道他的名字。后来乡里人都说这个人不知上哪里去了，一直没有回来，也没有音信，这总是十五六年以前的事罢，——在杨树渡那个地方还有他的房子，由你们史家庄进城的路上望得见那个房子，你将来留心去看。我总觉得那个房子是一个空房子，那里面其实也有人住，奇怪这个房子总是给我一个没有主人的感觉，或者就因为当初那个奇怪的主人的原故。"

"你这一说，我也仿佛觉得那个方丈就是你所说的这个人，——我想一定不是的，你无原无故的给我这么一个故事的空气！"

琴子微笑了。连忙她又道：

"既然你以前见过这人，现在你总该还记得他一点，你到底觉得他像不像呢？我说他说话的声音不像我们乡的人说话，或者不足为凭，因为在外面年数多了，不说乡里的话亦未可知。"

"昨夜我看见他的时候，我还没有觉到这一层，我只以为他是鸡鸣寺的长老，多谢他夜里照顾我，今天早起我才忽然想起，这个和尚恐怕就是当年我舅父的那位朋友，今天我还没有去看他，我从梅院出来就到扫月堂来了。昨夜我一个人提一盏灯笼上鸡鸣寺的台阶，望天上的星，一步一步的往高上走，又听泉水的声音，夜里山上的树使得一盏灯光分外浓重。我走上去的时候，和尚同了另外一个人在石狮子旁边招呼我，那人我没有看清楚，他大概不是庙里的人，他介绍我和尚是庙里的长老，他们好像知道我是从扫月堂回来，是住在梅院里的客人，我自己并没有说什么，和尚同我走进庙门，又陪我到梅院里去，那个人自己到别处去了。我同和尚走进梅院，里面已经点了灯，我便把我自己提的灯笼挂在院子里那棵蜡梅树枝子上，心想回头和尚走的时候他也可以照亮。我把灯笼挂在树上，自己又有点笑自己，很感得自己的傲慢，他是一位长老，我不应该挂念他不看见走路。"

说到这里，小林的面上很见一盏谦虚的光，琴子在路上感得他的说话之诚了，她想："这位长老恐怕就是那个人，我看他或者还认得你哩！昨天我给方丈送礼物过去，他既然知道我们的名姓，他如果真是那个人，他一定知道我们的家世，就很有认得你的可能，而且推测得出我们的关系来！"因此她又忆着昨夜她在扫月堂门外望见路上的那一盏灯光，她甚是喜悦，她也不知道为什么，她想回家去要把这件事情告诉祖母知道了。小林接着说：

"这个和尚还同我谈了一些话，——昨夜我一个人在路上本来就好像有一种启示给我，我在树林里望天上的星，心想自然总是美丽的，又想美丽是使人振作的，美丽有益于人生。由天上的星又想到火，想到火又看自己手上的灯，我觉得星星之火可以燎原的火同手下的灯火便不一样，其实都是自然，因为灯火也并不是人工制作的，人工制作也还是依照物理。'野火烧不尽，春风吹又生'，这个火倒还不必说是自然，是因为有人在那里做野烧，烧起来便不可向迩了，又是物理的必然。所以我想灯光的自然，最合乎自然，是一颗文明。天上的星又何尝不像人间的灯呢？它没有一点破坏性，我昨夜真觉得天上星的美丽。后来那位方丈在庙里同我谈话，话是怎样谈起的现在我不记得，我谈话的时候过于高兴了，是我一向心猿意马的话。他倒很是一个老年人的态度，他说：'年青时才情也是好的。'这话我乍听了很不喜欢，他无原无故的向我说这么的话，很像是教训我，把我当一个普通年青人看待。可见我的傲慢总是不知不觉的表现了出来。他问我读过佛经没有，我说我没有怎么读佛经，我喜欢佛经里一个故事，菩萨在山上投身饲虎的故事。他诘问我：'你为什么喜欢《投身饲饿虎起塔因缘经》呢？'我想虎就是虎，为什么要说饿虎呢？然而因为他的诘问，我却很有一个澈悟。我想细竹昨夜的话给了我一个暗示，昨夜我临走时，细竹说了一句：'你不怕给山上的老虎吃了？'我听了细竹的话，自己走路心想，倘若前面真有一个老虎来了，我想我不怕，因为老虎把一个人吃了,一定不在路上留一个痕迹,即是说这个人没有尸首,可谓春归何处,这个老虎它无论走到哪里也不显得它吃了我的相貌,总是它的毛色好看,可算是人间最美的事。等到和尚问我,你为什么喜欢《投身饲饿虎经》呢?我顿时真有一番了悟,我仿佛我已经了解生命,我的生命同老虎的生命,是一个生命,本来不是'我给老虎吃了',是生命的无知。我将我的话很简单的说与和尚听,和尚却说:'你还应该读《三字经》。你的话是习相远,不是性相近。'我向来没有受人家这样的打击,但我不作声,我实在不知道如何作答。他看见我不说话,他的话更说得厉害,他说:'你是勇猛自杀,菩萨是无生法忍。你问你自己,你不正是求完全吗?那么世间是毁坏的吗?世间是损害的吗?菩萨投身饲虎,你以为虎食人吗?你以为菩萨给老虎吃了吗?经上明明说,太子亦时时来下,问讯父母,仍复还山修道,其山下有绝崖深谷,底有一虎,新产七子,时天降大雪,虎母抱子,已经三日,不得求食,惧子冻死,守饿护子,雪落不息,母子饥困,丧命不久。虎母既为饥火所逼,还欲啖子。太子在众人前,发大誓愿,我今舍身,救众生命。太子合手投身虎前。于是母虎得食菩萨肉,母子俱活。'他看见我不答话,他指了树上我挂的灯笼给我看:'这个灯光是你留给我照亮回去,是不是?'我听了很有点羞惭,但他连忙说:'你觉得你以前说的话比留了灯笼照我走路不是虚妄吗?你为什么不满意你这个合乎情理的举动呢?'"

昨夜小林没有回答那人,此刻他述给琴子听,他也还是没有回答的意思了。那人的话使得他很窘,他不甚明白。他想:"不加害与人"是艺术,是道德,是他相信得过的,那么艺术与道德的来源不是生命么?离开生命还有另外的艺术与道德么?这一来他觉得那人的话应该是合乎真理的,但他有点隔膜了。连忙他向琴子笑道:

"我侥幸我昨夜在路上没有遇见老虎,那样真是铸成大错,我感得他生未卜此生休,徒徒给老虎蒙一个不白之冤,因为这件事情现在我自己已经相信不过。"

琴子听着小林一直这么说下来，她对于这些话若过眼浮云，这些话又不免激动了她，她不解小林为何今天来这么一个说话的阵势了。她暗地里有一个女儿之见，她想几时她自己再去看那位长老一次，"看和尚对我说什么"。小林话说完了，她对小林微微一笑，小林反而茫然了，问她笑什么。琴子道：

"你的话我都忘记了，说到后来我不喜欢听，我也没有听清楚几句。"

"本来没有什么可听的，——真的，这些话其实没有什么可说的。我确是仿佛受了许多启示。你看罢，我们两人总一定是如花似叶长相见，我以后一定有一番事业可做。"

"你再说一遍，我再用心听。"

她真喜欢小林再说一遍，心想你如果再说一遍我一定用心往下听了。她爱小林说话总是那么诚实，她自愧不如了。这时他们两人都在那里出神，好像同一个耳朵听海浪响。松树岭的小白庙已近在眼前，他们望见这个小庙，打算快点上去，出乎意外的又换了一个视线，张小千坐在那个庙旁树下等候他们了。琴子低声说一句，"小千还在那里等我们"。小千坐在岭上头用了很响亮的声音指着海边沙滩上的大千细竹两人叫着琴子道：

"琴子姐姐，你来看，她们两人很像两个大蚌壳。"

琴子想不到她这样看见海了，她在松树岭上看见海时，她看见海是细竹的海了，她们姊妹两人的镜子给这个海替她们分开了，从此细竹与这个海好像形影不相离了。她也走在那个树阴里头，同了小千坐着树根休息一会儿，望着那里日下的海，心想，那是细竹么？她怎么今天站在海边沙滩上玩？她好像细竹不应该离开她了。小千说那两个人好像两个蚌壳，琴子心想是的，这个比喻给她一个明洁的影像，那两个人点缀在那个沙滩之上了。